国家出版基金项目
NATIONAL PUBLICATION FOUNDATION

王是新疆丛书

处静觅心

辛生 ◎ 著

新疆文化出版社

图书在版编目（CIP）数据

处静觅心 / 辛生著. —乌鲁木齐：新疆文化出版社, 2024.6

（这里是新疆丛书）

ISBN 978-7-5694-4365-3

Ⅰ.①处… Ⅱ.①辛… Ⅲ.①散文集—中国—当代 Ⅳ.①I267

中国国家版本馆CIP数据核字（2024）第029215号

处 静 觅 心
CHU JING MI XIN

著 者／辛 生

出 品 人　沈　岩　　　　　　　责任印制　刘伟煜

策　　划　王　族　　王　荣　　装帧设计　李瑞芳

责任编辑　邢春惠　　　　　　　版式制作　田军辉

出版发行　新疆文化出版社有限责任公司

地　　址　乌鲁木齐市沙依巴克区克拉玛依西街1100号（邮编：830091）

印　　刷　永清县晔盛亚胶印有限公司

开　　本　787 mm×1 092 mm　1/16

印　　张　9.25

字　　数　110千字

版　　次　2024年6月第1版

印　　次　2025年1月第2次印刷

书　　号　ISBN 978-7-5694-4365-3

定　　价　28.00元

序

　　虽说已是一个老新疆人了，但我常常还是觉得，新疆在我心里，仍然是一个恒常如新的存在。新疆这么大，地域辽阔，自然大美，人文多彩，风情多姿，既美又复杂，神秘得令我着迷。这里的一切，枝枝蔓蔓地纠缠在岁月里，既见证了我的春年青涩，又道尽了我的秋露苍茫。我依然活在这世间，但却于一些人，于一些地方，与我的往昔时光远隔了。唯有新疆，满是慈爱地护佑着我。

　　我生在新疆，是家里第一个地道的新疆人。在那个风云激荡的年代，我的父亲母亲为摆脱一些自身难以预料，更无从把控的时运之变，不惧长途跋涉之苦，从四川到山东，又经内蒙古，辗转来到新疆，在沙湾乌兰乌苏落脚安身。我的降生，给他们万里之遥的迁徙留下了一个纪念，我的名字就是他们那一段记忆的一个标记。

　　我由新疆打开了我的世界，亦由新疆开启了我人生篇章的书写。在新疆这片土地上，我从一个幼童，长成六十多岁的老年人，新疆是我作为一个生命存在的地理标识。一路上，我经历了那么多的人和事，领略了不一样的人生风景，新疆也因此成为我生命旅途的烙印。

四十多年前的一个秋天，我离家外出读书，第一次去了伊犁。那天下午，当我走下长途客车，站在伊宁汽车站满地煤渣的车场时，举目四顾，所有的陌生都集聚在眼前。那时的伊宁还没有出租汽车，车站的一隅是扎成一堆等着载客的两轮马车。那些赶车的人纷纷前来，用维吾尔语调的汉语招揽生意。这时，我抬眼看到几米开外的一位老人，守着自己的小驴车静静地站在那里。老人戴一顶墨绿色的花帽，须眉白里透青，深深的眼眶里一双安然温煦的眼睛，一脸长者的慈祥。我像被什么触碰了一下，心里暖暖的，走到老人近前，告诉他我要去的学校。他面露笑意，伸出一个手指说，一块钱。我把行李放上车，坐在老人身边，伴着那头灰黑色毛驴脖颈上一串铜铃清脆的铃声，走过大街上长长的白杨绿荫，沿着一条幽静的小巷，走进了那个绿树葱郁的校园。后来知道，那个秋日的下午，我走过的那段一块钱的路程，由西向东，几乎穿越了整个伊宁市区。

刚参加工作不到一年，是冬天，我在毗邻古尔班通古特沙漠的一个小村庄，组织推行家庭联产承包责任制。来年春，土地分到了各家各户，村民们在自家的责任田里忙碌。在这里工作了半年多，和村里人都熟悉了，我便也去田里帮忙。一位大婶来到我身旁，说家里添了孙子，想认我做孙子的干爹。我那时二十一岁，对农村认干亲的礼数一概不知，一时手足无措，含糊其辞解释了一番，算是把这事搪塞了过去。后来我调动工作去了外地，大婶一家在乡里开起了饭馆，听到来来往往的客人里有我工作地的人，便去打听我，像是惦记家里的一个亲戚，有一次竟问到了我的一位领导。我得知后，为当年的事感到愧疚，此后便一直记着这份朴实的深情重意。

前些年在麦盖提，结识了维吾尔族大哥吐尔逊·塔外库力，他今年已经七十三岁了。我离开工作岗位后，一直也没机会去看他。每逢年节假日，他都打电话来，用汉语问我好吗，身体好吗，接着便说起了维吾尔语，就像我是听得懂的。他的话我虽听不懂，但他的情意我懂得，真真切切。我把跟他的故事写文章发表在了《人民日报》上，工作队的同事说，老人一直保存着那份报纸。

卸下事任的这几年，我过起了散淡闲适的日子。数十年的劳碌奔波，连同一路走来的蹉跎，终归于岁月沉淀的沧桑。时间放缓了脚步，身心亦不再紧绷绷的，渐渐与宏阔壮丽、激越澎湃、奔涌不息的身外世界有了距离。庸常的时日，虽是心迹寂寥，却也不由心有所念，时常想起一些过往的事，旧时的人。那些人，那些事，仿佛夹在往日时光里的一道道折痕，一点一点激活了我的记忆。那是一种无法排斥的裹挟与缠绕，令我的肉身与心思都深深嵌入其中。于是，新疆的面孔似乎一时间又清晰了许多。

人的一生，是时间运行历史的一个极短暂的瞬间。在时间无影无形的流逝中，我这一瞬间的生命，永远定格在了新疆。在这个瞬间里，在我的人生经历中，那些陪伴过我的人，帮助过我的人，启示过我的人，拓展了我生命格局的人，拔擢了我人生境界的人，我都记得。他们既支撑了我的身躯，也融入了我的精神，是我生命里一帧帧美丽而温暖的风景。这是新疆给予我的恩赐，是新疆给予我的滋养。

我爱新疆……

辛　生

2023 年 11 月 30 日

目录

第一辑

感

怀

扫码获取

☑ 名家作品
☑ 精美文创
☑ 系列图书
☑ 交流园地

处 静 觅 心

放缓自己的脚步，不再那么焦虑，不再那么奔命，也不再那么舍我其谁地激扬自恃。孤灯清影，书香盈心，端的是宋代张抡的情境，"陶然无喜亦无忧，人生且自由"。在时而清幽时而峻峭的书径，一路冥思那些萦绕于心的困惑和说不清由来的情绪，我不禁对自己的心，生了深深的同情。

——题记

一

在苍茫的旷野里，突兀而起的山脊绵延远去，黝黑的山岩散发出苍凉的气息，述说着不能抚摸的恒久而坚硬的历史。天空上一只苍鹰伸展硕大的羽翼，平缓地滑下，又昂扬地腾起，一声尖厉的啸叫令四野瞬时一片肃杀。山谷里枯荣杂陈的小草，柔弱而固执地仰头倾听，渴望天籁之音予鄙陋的卑微以抚慰。大地，虫鸣嘈杂，歌舞喧嚣，却似乎没有一丝声息。静谧，像死亡一样席卷而来。一个巨大的黑洞，悄无声息地窥视这世间万物的兴衰轮替。我看见，我静静地行走在无边的苍茫间，一个无法辨识且飘忽不定的黑点，渐渐消失在无垠莽原的深处。

二

南非一位大哲说："有时候，人们活着，是因为找不到死去的理由。"此番哲思，透视了人生的困厄——人们有时的"活着"，竟是在一种无从寻得死去理由的窘境中挣扎。死很容易，活着才难，所以要为死觅得一个解释，使生得以坚守。所谓向死而生，既彰显人生充满理性的勇气，也升华人在面对自身生命存在脆弱性时的开悟与豁达。人们常说，人生如戏。其实，人生分明就是一出戏，无论谁来编剧，什么人来出演，其间上演过何等宏大或卑微的场景，戏的结局是早已给定的——死亡。正因为死是生命秩序中不可回避与更改的一环，我们才要毕生学习好好活着，在面对死亡的永恒沉寂时，静静回味那短暂的生的美好记忆。

三

生命是这个世界值得礼赞的存在。生命之美，是因为她所经历的那个有限长度里的起起落落，以及与之相因而生的悲喜交集。生命的珍贵，亦在于她固有的那个长度。难以想象，一个无限长度的生命会是何等恐怖的一个鬼魅？于是，对生命的珍惜就成了人一生的修行。那得有怎样的担当与秉持，才能扛得起生命与生俱来的精美与粗俗、诚实与谎言、勤劳与懒惰、雄起与沉沦？于是，高贵与卑微的界限渐渐清晰起来。

四

我已经没有了为追逐新奇而远行的冲动，愈来愈希望独处，渴望一本书和一杯茶的陪伴。想要盘点自己的生命，安顿下那些应该安顿的事情。这些事刚刚发生，也就在年过五十这几年。安静，孤独，让灵魂抽离我的肉体，悬浮过头顶，在远远的高处，看一具行尸如何整理好在这世上的点点滴滴，把他一切的痕迹都掩藏起来，以免打扰后来者。渐渐地明白一些更本质的道理。原来，我是那么的微不足道！我为自己早年的轻狂，渐生的自恃，感到深深的羞愧。

五

我无意中发现自己恐高的时候，还很年轻，并不以为意。总以为经的事多了，有了些可称之为阅历的东西，自然会对世间令人生畏的一切处之泰然。不承想，时光流逝，年岁渐长，恐高却日益加剧。每当登临一个高处，便不由自主地眩晕，两腿发软，总有向下栽去的幻觉。如此经验多了，渐渐觉得，恐高未必是件坏事。它使我对高度心存恐惧，亦约束和迟滞了我登高的欲望和脚步。这世间的高度，供人仰望者居多，心怀敬畏方能释然。

六

影子对人的追随与离弃，时常带给我一种幻灭感。迎着前方的光走去，影子是跟随自己的，愈跟愈近，愈追愈短，直到踪迹全无。背光而行，影子是离我而去的，我不断向前，影子便急匆匆走向远处，愈来愈长，愈行愈远，终而模糊迷离。影子追随我，仿佛催促，令我恐惧。影子远离我，又若我的追逐，使我彷徨疲累。我突然悟到，人在影子里，最易迷失自己。

七

尼采说："真正自由的人，总是给人大方潇洒的印象，那是因为他们的精神与内心抛弃了许多无谓的东西。"身处当下这个社会，不少人为不自由而困惑和焦虑，这使我想到一个词——执著。"执著（执着）"原为一佛教用语，指对某一事物坚持不放，不能超脱。可见，执著与超脱，是待人处事两种截然不同的态度，前者往往使人陷于私见和偏狭，后者则教人以练达与豁然。我观现世人们种种的焦灼与挣扎，纠缠于患得患失，迷茫于此生彼世，常常在希望与恐惧之间苦撑苦熬。此终究不过是囿于执著而不知放弃。不是不放弃，是因为性情偏执而疑惧，无从于现实和尘世超脱。于是，人们总是背负沉重，仿佛精神戴了锁链，至死不得解脱。

八

"权为民所赋，权为民所用。"权力自诞生就有一个神圣而圣洁的光环——为公众福祉而存在。初始因其伟岸而崇拜，继而感其庄严而向往，再而惧其强势而畏葸。权力于人，是善恶一体的双重诱惑，既能助人以成就宏图远志,亦可陷人于万劫不复。那些背弃初衷倾覆于宦途的人,无一不是被权力蛊惑着心中私欲及恶念,备受煎熬与折磨,终而伤痕累累,丧魂落魄,以致不归。此皆因权力之难以驯服而致。谓之难,难在不忘初心,恪守正道,弘扬真理,光大正义。惟其难,更需心怀苍生,时刻警觉,不失清醒,不逢迎折腰,不惧邪失范。我便想,身在宦途,倘能秉持临渊履薄之心,不为权力灼心伤情,待到淡离权杖,闲坐"苍烟落照间",不发"谁伴明窗独坐"之慨叹,可谓做人为官之幸。

九

那年在北大,短修两月余。一日入夜,天上飘着零落的雨滴,我信步燕园葱郁的林间,沿着湿漉漉的小径,来到未名湖边。雨后的未名湖静谧安详,没有了往日熙攘的人流。环湖的灯光因湿气变成一团一团的光雾,倒映在湖面,在微风吹起的涟漪间闪烁着,好像恋人的低语,又好似琴弦上散落的音符。驻足湖岸西北角的翻尾石鱼旁,凝神眺望对岸,一片黛色的夜空下,博雅塔静静伫立。虽然夜色朦胧,健朗的塔身却仿佛比平日里显得更加清晰,透着一股悠远空灵之气。远处的天空,闪着一片虚飘飘的灰白光亮,那是装满市井的霓虹借着水汽反射在空中的光晕,而裹挟在其中的所有虚无、浮华、暧昧和躁动,都被圣洁的燕园隔绝在世外。

十

在柏拉图看来,欲望是对本身既非真理也不是善的事物的欲求。他认为,欲望会繁殖,繁殖愈多,就愈难满足,而且愈来愈恶劣。他说,一好生二嗜,二嗜生三恶,受欲望支配的人有一天必陷围城。柏拉图对欲望的理解是消极的,但他并未武断地认为欲望就是恶,而是认为欲望过度会生恶。他对欲望的态度是理智的、警惕的。他充满善意地教导人们从欲望的围城中解困:一个人如果只能过着唯欲是从的日子,最好的办法是委屈所有的嗜欲,迁就单单一种嗜欲。这位贤哲两千四百年前关于欲望的哲学思辨,于今想来仍智慧而温暖。此间有心得,欲望恰如山间花开娇媚的野蔷薇,轻拈一枝是佳人笑颜粲然,悦目赏心;贪撷一簇竟是叶下暗藏荆棘,尖刺伤人,欢愉尽失。

十一

谈及"人何时能变得完美",纪伯伦诗云:"当人感到他是无际的天空,是无边的大海,是永远燃烧的烈火,是永恒闪耀的光芒,是狂卷或平息的风,是电闪雷鸣降雨的云,是吟唱或哀泣的小溪,是春天开花秋天落叶的树木,是高耸的山峦和低洼的峡谷,是肥沃或贫瘠的土地时,他正在走向完美。假如人能感到这一切,他就走出了通向完美的一半路程。他如果想达到完美的终极目标,那就应感知自己的本质,知道自己是一个依赖着自己母亲的孩子,是一个对自己孩子负有责任的长者,是一个失落于自己信仰和爱情之间的青年,是一个与自己过去和未来进行搏斗的中年人,是一个隐居在自己茅庵中的膜拜者,是一个关押在自己监狱中的囚犯,是一个埋首于自己书斋和纸堆中的学者,是一个处在自己夜的黑暗和昼的黑暗中的愚人,是一个置身于自己信仰的繁花与孤寂的荆棘间的修女,是一个处于自己软弱的犬齿和需求的利爪间的妓女,是一个处在自己的苦涩和屈从间的贫者,是一个陷于自己的贪欲和俯就间的富豪,是一个置身于自己黄昏的雾和魔术的光之间的诗人。如果人能经历和了解这一切,他就会达到完美,成为上帝影子中的一个影子。"诗人以宏阔的诗情和丰富的意象展开他的智慧之思,引领我们解开"人何以完美"的精神困境。诗人启示我们:人是自然之子,质朴而平凡;人唯有自知,充分感知自己身为人的高尚和猥琐的一切,方为走向完美的正途。我可能明白了一些有关人的完美的真谛:达到完美,是人毕生的修行。那是峻拔的山间一条透迤迷蒙、险象环生的艰难长路,很多人将因路途上的迷失而无法抵达那个终极目标。但是,设若就此而消极悲观,甚至将通向完美视为畏途,人将渐渐丢失来此世间源自心灵深处的精神向往,陷入迷惘空虚的深渊,终而沦为无从寻得安宁的灵魂漂泊者。

十 二

我总以为,人的善如同乌云遮蔽的夜空不期然升起一轮皎洁的明月,亦如身处荒僻的孤岛忽见远处缓缓飘来的一叶帆影,又如行路漫长的跋涉邂逅山间盛开的野花。那份美丽的温暖和抚慰,总是可以想象和期待的。而人的恶究竟能坏到何种程度,却是完全不能预估的,就如死寂的黑暗中狰狞的狼啸,嗜血的觊觎就在身边却踪影皆无,继而陷入无助的绝望。我还以为,善良的人总是柔肠百转并行事通达的,慈心温情,悯人惜物。而邪恶之人定是少信多疑而处事阴鸷的,利欲熏心,过犹不及。更令人绝望的是,有一些恶是善成就的,因为善冀望于恶能自省而归善,却不料,恶竟视之为软弱而愈发变得肆无忌惮。于是,人们无奈地变得冷漠,或者以恶制恶。于是,善心便备受煎熬。我想,这或许就是这个美好的世界对人性最残酷的拷问。

十三

"行到水穷处,坐看云起时。"这是"诗佛"王维的两句诗。静心品悟,宛若一缕明丽温情的光亮照进心底,令我对人生在世的晦暗陡然生了些许解悟。人生繁复无踪,行至穷途而见云起,新一番风景引人期待而不致沉沦,身临转机又可纵情梦想。即便如死亡这等无从遁逃的终极困局,不正是那超然物外之境,开启的是生命羽化、涅槃重生的灵魂远足。相较一息尚存的苟延残喘,死亡才是生命纯洁如洗、恒久如新的境界。正因为水穷之处就是云起之时,我才不要用脆弱屈辱的眼泪去无耻地涂抹人生的绚烂色彩。正因为坐看云起的潇洒与豁达,我才要挥洒人生的激情与豪迈。虽不存如诗人周涛那般"使时间怀孕,从而在历史上复印出自己的影像"的奢望,但也不枉在人生宏大而神秘的时空里,有过自己情思幽远的那一次仰望。

十四

远方总是充满诱惑的。远方的诱惑是直抵人心的,是因应精神期求的。就像一首歌里唱的,"那一天,我不得已上路,为不安分的心"。心的不安分,是因为对粗糙琐屑的现实和庸常寂寞的生活的不甘。更因为远方被云雨岚烟遮蔽的风景,总是激起心的想象,催生心的渴望,执著于发现与探究的远行。但是,远方究竟有什么?海子诗云:"远方除了遥远一无所有。"遥远本就令人向往,追梦的行旅不需要任何慰藉。一无所有,那是何等旷远而丰饶的境界,唯有它能够任心神驰骋。那天,海子在"一块孤独的石头坐满整个天空"的西藏,在萨迦澄净寂寥的夜里遥望星空,不想沉睡，也不愿醒来，"更远的地方/更加孤独/远方啊/除了遥远/一无所有"。我凝神远望，孤独的忧伤盈心满怀。但那与我隔绝的遥远，却使我的跋涉更加步履铿锵，意气风发。我把现实踩在脚下，纵心驰翔远方，只为梦想不会褪色，亦为人生凛凛而歌。

十五

往常的日子，这个时候，早已是阳光满地、树影婆娑了。而今天，屋外仍是一片黯黑，像是透着些许微光的黑夜。看不清楚的窗外树林里面，一个人在吹萨克斯，旋律艰涩，乐句断断续续，仔细辨认，是那首蒙古族曲调的《鸿雁》。听得出，他是一个初学者，吹得很吃力，乐音时高时低。这样的乐声，在这样一个天似穹庐的早晨，从朦朦胧胧的林间传来，显得怪诞，又有几分诡秘——这是一个重度雾霾的早晨，气象沉郁，心境迷茫，想逃离，却没有方向。只能拉起夜幕，蜷缩躯体，毫无梦想地睡去，而且不想醒来。

十六

我曾幸运地赶上过一个诗歌的时代。那时，痴迷地爱诗读诗，跌跌撞撞的青春被诗歌燃烧，懵懵懂懂的时光被诗歌照亮。"我年轻，旺盛的精力像风在吼/我热情，澎湃的生命似水在流。"（纪宇诗句）"黑夜给了我黑色的眼睛/我却用它寻找光明。"（顾城诗句）这样的诗句抄满了笔记本。激情在心中涌动，两眼含泪眺望星空——那是一个被诗歌安顿的时代。如今身处眼花缭乱的时代，我疏离诗歌也已很久了，生活成了坚硬刻骨的现实，不觉疼痛，无关远方。"那时我们有梦/关于文学/关于爱情/关于穿越世界的旅行/如今我们深夜饮酒/杯子碰到一起/都是梦破碎的声音。"（北岛诗句）布罗茨基说："在某种历史时期,只有诗歌有能力处理现实,把它压缩成某种可把握的东西,某种在别的情况下难以被心灵保存的东西。"唐诺说："生命太多事了这一言难尽,有时光是回想都会让人疲惫不堪,这里,诗如一阵清风吹过,也像汩汩的清浅流水,死亡变得很干净,很光亮透明。"物欲的现实日渐焦虑,喧嚣的人生伤痕累累,诗歌静静地守候在远处,等待我们心的讯息,怜惜而悲情。诗情温润。诗意绵长。诗歌不朽。

十七

记忆是看护我们前行的期许,是时间擦肩而过时俯身我们耳边的一声低语——殷切而庄重。我们却总是嫌它太过沉重,视它为累赘而弃于路边的荒草。我们一次又一次辜负它,任由无耻的遗忘把它荡涤得干干净净,继而狂吠着去拥抱未来。时间搀扶起满身伤痕的记忆,目送我们的背叛远去。我们真的很健忘,总是沉醉于当下的浮华,被一路的霓虹闪烁怂恿着心底的贪婪,把魂魄远远落在身后苍茫的荒野,却妄言,我们还拥有未来。当我们的心田荒芜,再也长不出浪涌千重的稻菽,才幡然醒悟记忆告知的苦难,以及先人们遭逢灾难时的抗争,还有那淬火的信念,隔着悠远的时空吹响的澎湃号角。我们脚下的路很长,迈步向前时,别忘了把记忆打进行囊。记忆在,灯亮着;记忆灭,前路一片黑暗。

十八

太久了,我似乎只习惯了抬头向上看,天空澄澈,阳光灿烂。以致偶尔低头时,眼前模糊,脚底虚软,一阵眩晕。应该检视自己了,免得如此情状频生，忽一日立足不稳，栽倒在一片黑暗的虚空里。这样想了，竟感觉心安了许多，在飘忽迷离的喧嚣魅惑间，看到一些地上的、实在的、有意义的、能够行之久远的事情，心中渐渐生发一种笃定和从容。是的，我辜负自己的心太久了。我的眼睛虽然还有泪水溢出，但那已经沉淀了太多的尘污，失掉了生命本来的单纯与清澈。我从面前几行难以辨认方向的足印里挣脱，急切地俯身于澄明的大地，让内心再次充盈那浩荡的恩德。"只有当深深隐藏在内部，如生命般的东西开始活动时，命运才会浮现出妖艳、会心的微笑。"(井上靖语)时光太快，人生如梭，命运乖戾，心很脆弱。我开始明白，该怎样低下自己虚妄的头颅，让大地静静抚慰我的卑微，为自己的心，寻得怡然的安宁。

（2016年10月于伊犁）

呵 护 心 灵

一

　　我至今还清晰地记得多年前我离家外出读书的情景。那时，我十八岁，是一个沉迷于大学梦的农村高中毕业生。我拿着家里卖了一头猪得来的二百多元钱，走出了那个做梦都想离开的农家院落，告别了我的父辈习以为常却让我感到压抑的生活，背负着家族沉重的期盼，在没有任何人可以依赖的孤独中，开始了一种自己也说不清的新的生命和生活体验。

　　如今想起来，我总觉得已经经历了的，是一段心灵漂泊的时光。虽然短暂，却印满了寻求人性真实的痕迹。那份执拗的渴望，那股不知疲倦的劲头，在没有目的的漂泊中，使一颗稚嫩的心灵，承受了蜕去童真后的痛苦，逐渐地习惯着去爱，去追求一种自己认为是有价值的东西。每每想起这些，都使我如今已变得逐渐倦怠甚至在滋生堕落的心，突然产生一种十分真切的冲动，进而升华为一种源于生命的激情，促使我倍加珍惜自己心中仍然保有的那一份对生活的热爱。

历史把我们带进了一个新的时代。这完全不同于我的父辈曾经拥有的那个时代。那是一个颠沛流离，孕育了太多苦难，也创造了坚忍不拔、奋发向上、矢志探索的伟大精神的时代。而我今天面对的是一个正在经历深刻变革，竞争激烈，充满挑战，各种思想和思潮相互激荡，人们的生活和工作方式日益多元化的新时代。身处这个时代，既让人看到太多的机会和希望，又使人不免常常陷入无奈和浮躁。有人振作，有人倦怠；有人奋起，有人沉沦；有人真诚地回报社会，有人不择手段地攫取私利。我真切地感到，人们的心灵从来没有像今天这样，面对着那么多的考验……

我时常在心中问自己，是不是在不知不觉中也滋生了对生命的冷漠？是不是在浑浑噩噩中也忘记了对社会的责任？是不是在昏昏然的时候也做出了有悖自己理想和有昧良心的事情？我检讨自己。我反省自己。我庆幸自己还没有走得太远。我还能够在被感动的时候流泪，我还能够在激情涌动时为理想而摒弃物欲和私利的蛊惑，我还来得及清理心灵的芜杂。我觉得这对于自己是再珍贵不过了。

二

一个朋友离开新疆去了北京。

一年前，在他失意落寞的时候，他为他的决定来征求我的意见。我说还能改变吗？他对我摇头。我与他相识二十多年，在一起工作十多年。

在我的印象里，他是一个有热情、有抱负的人。在一个远离县城的小镇做党委书记时，曾经为抵御洪水与百姓一起苦战过五个昼夜。当我面对他和他的决定，所有想劝说的言语都显得那样苍白。我至今也说不清当时自己的感觉，也想不起自己对他说了些什么。

前不久，我在北京见到他，得知他已经在一家外企找到了一份工作。对自己生活境遇的巨大变化，他没有怨言。到了北京短短一年时间，他每天晚上都到一所大学去听课，如今已取得了人力资源管理师的任职资格。我问他，是否为当初的决定后悔过。他说，突然改变自己已经习惯的生活状态，实际是一种人生的考验，是需要很大勇气的。刚来时也确曾有过一段时间的迷茫，好像没有了方向，但要生活就不能总是游离于社会之外，只有融入新的生活。听他讲，体会他的内心感受，我觉得他是经历了一次人生的蜕变，而这对于一个年过四十的人来说，可以想见其中的甘苦。

我为我的朋友发自内心的一种轻松和自信而感动。我想，每个人在自己的一生当中都难以避免地会遇到这样那样的挫折。当挫折真的来临时，我们该怎样面对呢？

三

知名华人作家刘墉先生接受记者采访，谈到目前最大的心愿，说要抓紧再捐建一批希望小学，使自己在祖国内地建立的希望小学尽快达到一百所。这使我想起电视上报道他在山西农村的一次活动。在一个贫困的乡村，他见到一个七岁的孤儿，得了疝气病。老乡们照顾着这个孩子的生活，却没有钱给他治病。当访问团离开这个村子时，刘墉先生搂着这个孤儿说，伯伯拿钱给你治病，你要好好读书，将来做个有用的人。他到车上打开行包，取出四千元钱。孩子就在车外，同车的人都在等候，要他把钱从车窗递给孩子。他却不由分说地下了车，走到孩子跟前，蹲下身子，一手搭在孩子的肩膀上，一手郑重地把钱放在孩子的手里。事后刘墉先生为他的举动做了这样的解释："从车窗里把钱递出去，孩子仰着头，我在高高的车厢里，这像是我在施舍，而孩子在乞讨。我不愿意这样做，我想让孩子幼小的心灵感受到人与人之间平等的、真诚的相扶相助。"

我一直忘不了刘墉先生蹲下身子给孩子钱的这一幕。我甚至觉得，先生的这一蹲，给孩子心灵深处种下的分明是一颗真诚和爱的种子，这个孩子今后的日子或许就会由这颗种子发芽，成长为一个真诚地关爱他人和社会的人。

四

经常想起我在乡里工作时的一位老领导。他二十七岁担任科级领导职务，今年整整二十年，仅在县委党校常务副校长的岗位上就已经工作了十多年。与他同期担任科级职务的一些同事，甚至比他参加工作晚，原来是他属下的一些干部，早已经是县处级甚至是地厅级领导了，而他却二十年如一日，心无旁骛，执著于斯，心怀坦然地工作在自己不敢有丝毫轻视的岗位上，从无懈怠。

每每见到他，我就想从他身上寻找一种解释，一种常人难以理解，而于他却是一种本分、一种责任的精神，也想试着体会他真实的内心感受，但怎么也突破不了他异常平静的言谈举止给予我的感动。他说："没有什么不能理解的。我生活工作得很愉快，也很充实。虽说这么多年我的职位没有升迁，但我以自己的努力，不但把共产党在基层的这块思想理论阵地守住了，而且建设好了，我尽到了责任，这难道还不能让我满足吗？"我想，这或许就是人的一种定力，一种内心平和、宽容大度、无欲无求的精神境界。

我由衷地钦佩曾经是我的领导的这位兄长,他于当今社会纷繁复杂的现实之中,不为轻浮和浮躁所动,始终坚守着自己心灵的一片洁净,积极而坚韧地生活和工作着。我觉得,这既是一种勇气,也是一种人生的大智慧。

五

一个人年龄的不断增长,就像一棵树的年轮一年又一年不断增加,是一个美丽的过程。在这个过程中,人将逐渐失去那些充满天真和梦想的无忧无虑的时光,但却获得了生活给予我们的沉甸甸的记忆。这是生活留给我们的一份美丽的馈赠。在心灵深处这些珍贵的记忆中,我品尝幸福和快乐,我咀嚼过失和悔恨,我甚至还会产生要改变记忆中的经历再重新生活一次的幻想。但是,记忆终究是不能改变的。它只能够像一杯愈放愈醇的陈酿,让自己在感悟人生的同时,明白那些过去不明白而且在匆匆忙忙的奔波中也来不及搞明白甚至是不愿明白的事情。

看到一副对联,上联是"常想一二",下联是"不思八九",其中透出深刻的人生哲理。我的理解,生活中十之八九是不顺心、不如意的事情,但人要经常想自己在生活中得到了什么,把生活给予我们快乐和幸福的那一二分常留心间,善待自己,善待生活,善待社会。

我想用刘墉先生的一段话作个结语:"人就这么一辈子,你可以积极地把握它,也可以淡然地面对它。看不开时想想它,以求释然吧!精神颓废时想想它,以求振作吧!愤怒时想想它,以求平息吧!不满时想想它,以求感恩吧!因为不管怎么样,你总很幸运地拥有这一辈子,你总不能白来这一遭啊!"

(2003年10月于塔城)

大有风景记

在北京海淀的大有庄，位于颐和园北侧，有一座庄重幽静的学堂，这就是中国共产党的最高学府——中共中央党校。经由组织选派，我有幸在近十多年间先后三次到这里学习，于其中度过一年半时光。这些年的奔波忙碌间，总是忆起那些书香润身、思想暖心的日子，脑海里尽是那"水清鱼读月，林静鸟谈天"的秀美景致。闲暇里，整理了三篇兴起于这片风景的文字，以留过往思悟，谨为心灵纪念。

——题记

思想的风景

暌违十二载，在这个萧瑟初起、水露苍茫的秋日，我终于有机会再次走进中央党校。自接到通知始，多年前在这里学习的情景,一点一滴浮上心头,清晰如在昨日。最难忘怀的,是那直击心灵的洗濯,让我走出令人窒息的迷雾,不为摧折斗志的贪婪所蛊惑,不被自欺忘形的虚荣所蒙蔽,终未沉沦于患得患失的纠缠之中。启程来校,一路上的心情,像回家,又像会老友,急切、期待,心里充盈着曾经的温暖。

清晨,我早早地起床,漫步在静谧怡人的校园,寻觅记忆里自己走过的风景。绿树葱郁,竹径通幽,水清林静,鱼翔鸟鸣。离开的这些年,魂牵梦萦的一切都在眼前。熟悉,又分明感到些许陌生;亲切,却不由心生一丝歉疚。疏离已久的感动,令我怦然一暖——虽已秋风瑟瑟,但此间温度依然炽热,这片风景的底色历久弥新。

我看到校园里意蕴深远的新景观:一组承载了后来者的崇敬,以及强烈历史意识和使命担当的,极具艺术感染力的雕塑,静静地宣示着恒常如新的信仰和理想。

主楼北侧一棵雪松前的草坪上,是马克思和恩格斯全身雕像《战友》。马克思双手扶膝庄重而坐,身旁站立的恩格斯右手抱在胸前,左手支于下颔,两位思想家的目光,凝望着共同的远方。礼堂前广场矗立的,是毛泽东全身塑像《我们的老校长》。一身延安时期的装束,双手插在腰间,他这经典的形象,早已深深印刻在心底,我立时想起激情飞扬的峥嵘岁月。再往北去,综合楼广场南侧,是邓小平全身塑像《总设计师》。他身披大衣,昂首阔步,坚定前行,改革者坚毅执著的神态栩栩如生。邓小平塑像后,综合楼前,是一座大型群雕《旗帜》。远远望去,一面鲜红的党旗飘扬在如洗的蓝天下,横空传来气势如虹的召唤。近前观瞻,迎风猎猎的旗帜下,集合了工农兵、知识分子和五十六个民族的人物群像。环视这组雄伟宏丽的雕像,聚集在党旗下的人们,昂首凝望旗帜指引的方向,我仿佛听到他们奔赴远大前程的震天动地的足音。四座雕像,沿着校园的中轴线,由南向北站成一列,昭示着一脉相承的历史接力,凝聚着心忧天下的精神守望——为中国人民谋幸福,为中华民族谋复兴。

在毛泽东塑像的正前方,是一块未加任何雕饰的泰山石石碑,碑两面分别镌刻着"实事求是"和"为人民服务"。这座青灰色的山形石碑,纹理似一幅浓淡相宜的水墨江山,与高远碧蓝的天空浑然一体。令人震撼的,是它立于大地岿然如磐的气韵,通体张扬着不坠青云之志,不弃大道沧桑的精神力量! 我肃立碑前,读到一种不可撼动的信念与坚守。

在东西两侧的学员楼之间,还有两尊人物塑像《焦裕禄》和《谷文昌》。这是两位伟大思想与崇高理想的践行者,他们身在苦境却时刻心怀苍生,孜孜追求百姓福祉。他们以自己的奉献与牺牲,诠释了中国共产党人纯洁无瑕的党性和矢志不渝的忠诚。

"潮平两岸阔,风正一帆悬。"我感觉有一种宏大而壮阔的气息在身边漫溢恣肆,脑子里突然就跳出这激越的诗句。

是的,我确实置身在一片盛大的风景——思想的风景之中。我循着思想巨人艰辛跋涉的足迹,领略这思想的风景无以言状的宏阔与壮美。一百七十多年前,共产主义在欧洲大陆诞生,七十多年后,在古老而年轻的东方大国植根,以史无前例的思想伟力,引领拥有五千年历史和文明的中国与时俱进,愈挫愈奋,气象万千,生机益然,给这个世界带来不一样的前途和愿景。

我沉浸在这片思想的风景,抬头仰望高耸的思想巅峰。那是我力所不及的高度,我丝毫不存登顶的奢望。但我知道,那高处有这个世界最美丽的风景,还有人类终将抵达的最具魅力、最令人向往的理想彼岸。在那座盛开着思想之花的山峰脚下,我渺小如一只蝼蚁,谨小慎微地向那指向峰顶的曲折跌宕、时隐时现的小径投去敬畏的凝视。一群心忧苍生未来、背负天下福祉的攀登者,以无与伦比的坚韧和求索为人类理想探路,用信仰的火种不断点亮、传递光明与信念的火把,照亮了芸芸众生前行的路程。因为他们,人类一步一步走出了蒙昧与黑暗,科学和文明的种子繁衍成长为荫庇世界的绿树森林。也正因为他们思想的召唤,我们集结在那面激情涌动的鲜红旗帜下,吮吸思想者智慧的甘露,始终以一种自我提升、自我超越的精神向度,勇敢面对繁复庸常、愚陋芜杂的现实世界,沿着那条理想的长路,前赴后继,不懈奋斗。

诗人周涛说:"秋天的一切表情中,精髓便是'凝神'。"这个秋天,在中央党校,我真切地感到,思想的质感绵密而厚重,思想的风景亦正像那秋天的凝神,深邃间透射出洞彻万千世相的犀利。站上巨人的肩膀,凝神于信仰,沐浴着理想,我满目都是春信已发、气清景明的勃勃生机⋯⋯

思绪萦怀夕照间

乙未仲秋,我入中央党校,在党的最高学府求是问道。每有闲暇,我便漫步于这片盛大的风景,咀嚼思想之美,憬悟大道之行。我时常在校园综合楼广场的邓小平塑像前驻足凝神,萦回脑际的思绪里,充盈着改革开放历史伟业三十多年的漫漫长路,和那风云激荡的征程与变革。此间此际,小平同志那慈祥和蔼的面影真切地浮现在眼前。

这位被世界称为"一个崭新中国的梦想者""以人类历史上气势恢宏、绝无仅有的壮举,向世界打开了'中央之国'的大门"的总设计师,离开我们已经十八年了。这么多年,我珍藏着当年《求是》杂志哀悼邓小平同志逝世的专刊,日渐泛黄的书页,浸透了心中累月积年的追怀和思念。封面上,那帧加了黑框的他微露笑容的遗像,常使我双眼蒙泪,情不能抑。

我一直试图通过改革开放的历史进程和一个普通人的心灵探求,去学习和领悟小平同志的伟大思想和伟大人格。我常常埋头在他的著作和记述他功勋业绩的书籍和影像资料当中,潜心地读,一遍一遍地看,企望能够消弭时间与空间的隔绝,去接近这位伟人。我不止一次在心里追索:是什么样的勇气,让一位七十三岁的老人在经历了遭贬受辱的命运蹉跎后,又义无反顾挺立在历史的潮头? 是什么样的智慧,让他在"文革"后错综复杂的困境中,敏锐地捕捉历史机缘和真理之光,以缜密的思考和朴实的理论探索,寻觅到引领党和国家走出泥淖、走向胜利的正确道路? 又是怎样伟大的人格,使他紧紧地凝聚起党心、军心、民心,鼓起改革开放的浩浩长风,向着国家现代化和中华民族伟大复兴的百年梦想破浪前进?

马可·奥勒留在《沉思录》中写道:"一方面能足够强健地承受,另一方面又能保持清醒的品质,正是一个拥有一颗完善的、不可战胜的灵魂的人的标志。"我心中怦然一暖,小平同志不正是这样一个拥有一颗完善的、不可战胜的灵魂的伟人吗? 在七十多年漫长的革命生涯中,他历经的艰苦卓绝难以尽书,备尝坎坷与磨难,宁折不弯,始终恪守理想和信念,沉着、坚毅、坚韧。这样的承受不可谓不强健! 这样的品质不可谓不清醒! 正是这样的强健和清醒,锻造了一颗伟大的灵魂,书写了一个大政治家的传世奇迹。

小平同志说,"文革"落难,是他一生最痛苦的时刻。梁衡先生这样写道:"伟人落难和常人受困是不一样的。常人者虞衣食之缺,号饥寒之苦,而伟人却默穷兴衰之理,暗运回天之力。"我不禁想,在身陷"文革"痛苦的艰难岁月里,小平同志不舍大义的"穷理"之思,不弃大道的"运力"之气,一定像那暴风雨中宛如黑色闪电的海燕。多年之后,这"海燕"终于发出一声穿越历史时空的呼喊:"把马克思主义的普遍真理同我国的具体实际结合起来,走自己的道路,建设有中国特色的社会主义,这就是我们总结长期历史经验得出的基本结论。"

事非经过不知难。习近平总书记在参观《复兴之路》展览时,寄语全党同志:"道路决定命运,找到一条正确的道路多么不容易,我们必须坚定不移走下去。"回望十一届三中全会以来波澜壮阔的历史征程,体味党和国家三十多年涉险闯关的惊心动魄，我们能够一路走来，取得今天世人惊羡、史所未有的辉煌成就，应铭记小平同志的不朽功勋。他一生追求崇高理想的坚定信念，他心无旁骛的大道之行，他不畏浮云心怀苍生的殷殷啼血之情，始终是改革开放花开四季最动人的风景。

流年似水，行板如歌。令我刻骨铭心的，是他八十八岁高龄那次不舍昼夜的南方之行，还有那篇堪称醒世宏文的南方谈话。他像一个高擎旗帜坚守阵地的战士，以泰山崩于前而处变不惊的岿然自若，字字千钧，撼心动魄，"如长江在峡，如黄河在壶"（梁衡语），荡除重重疑云，还浩茫穹窿一片天朗气清。

时过二十多年，中国以全球第二大经济体活跃于世界舞台，改革开放和现代化事业浩浩荡荡。回头看小平同志南方谈话，不能不感叹，他身为一名战士的那一次最后的冲锋，竟是那样气壮山河，那样壮怀激烈，那样深刻地影响了一个伟大民族绝地奋起的世纪之战！他和他的思想，连同他不信邪、压不垮、打不倒的精神，都深深地融入了屹立于世界东方这个古老而又年轻的伟大国家的身躯。

著名学者张维为在一篇文章中写道："从1840年鸦片战争到1979年的一百四十年间，持续的太平时间最长没有超过八九年，我们现代化的进程总是一次一次被打乱。但从1979年开始，我们第一次保持了三十多年的持续发展。不管今天中国社会有多少问题，中国还是处在1949年以来最好的时候，处在近三百年以来最好的时候，解决各种问题的资源和回旋余地也是前所未有的。"

小平同志晚年，子女们问他对自己一生的评价，他说："对这个国家，我尽到了责任。"在他生命最后的日子里，人们希望他再说点什么，再给中国人留下点什么。他淡淡地回答："该说的都说过了。"回念四百八十多年前明代贤哲王阳明辞世遗言，同样深邃纯粹的精神世界，悠远相映，今古同辉。《传习录》绪言记，阳明先生病重，在旁侍奉的门人问，可有什么话要留下，先生微笑说："此心光明，亦复何言！"伟大的人格，总是这样温暖历史，昭示后人。

夕照里的邓小平塑像披上一抹晚霞，近旁金黄的银杏树叶映衬着那周身的铜色熠熠生辉。一轮圆月挂上高远浩渺的空际。望月感怀，脑海里不觉荡起习近平总书记志厉青云的声音："今天，我们比历史上任何时期都更接近中华民族伟大复兴的目标，比历史上任何时期都更有信心、有能力实现这个目标。"我两眼一时模糊，依稀觉得，昂首阔步的总设计师正健步走来，目光炯炯，满面欣慰……

长 征 不 朽

我始终是把长征作为一个理想壮举和信仰奇迹来读的。

作为一个历史事件，长征已经离我们很遥远了。八十年时光流逝，历史留给我们的记忆已经少有鲜活的细节，而散见于各种史料和曾经经历了长征的前辈们的回忆，以及从不同角度描述和再现长征的艺术作品，留下的那些令人震撼的故事，却让我们这些后来人一次又一次穿越时空的隔绝，去发现湮没于万水千山之中红军将士创造的生命奇迹，去探寻长征沉淀在我们灵魂中的信仰基因，进而让理想和信念一次又一次燃烧起熊熊的火焰。

那是怎样的一次远征？

翻阅了数本记述长征的著作，一串凝结着红军将士鲜血和生命的数字深深地镌刻在我的脑海里：

红军长征历时2年，行程2.5万余里，纵横12省。

中央红军长征历时367天，转战11省，会师陕北时人数由瑞金出发时的近10万人减少到6000多人。

红军长征翻越了18座大山,翻过的最高峰是海拔4000多米的大雪山——夹金山(当地居民说:"要过夹金山,性命交给天")。

红军长征横渡了24条大河,在横渡长江天险金沙江时,2万多红军仅靠6条小船,用了9天9夜。

红军长征穿越了海拔2500米的松潘草地,历时6天,行程600余里,史称"死亡行军"。

红军长征彻底粉碎了蒋介石政府上百万军队历时6年的围追堵截,胜利地在陕北根据地建立了中国共产党领导抗日救国民族解放战争的前进阵地……

面对长征留于大地的曲折路径,浩如烟海的文字也难以尽书的艰辛、悲壮和残酷、凄凉,让天地为之动容,鬼神为之涕泣。穿梭于枪林弹雨,疾行在峭崖急流。爬不完的大山,渡不完的大河,似乎永远走不到头的草地,永远看不到顶的雪山。道道雄关,漫漫长路,从未有过动摇和后退的征程,使这样一次空前的长途跋涉与其经过的山川沟壑凝聚成一种永恒的存在。长征是长留天地间一行闪耀着理想光辉的诗行,红军将士的足迹无声地为它作着恒久的诠释。

与这一串数字相连的,还有红军在这次史无前例的长途征战中所"享用"的那些战争史上绝无仅有的"给养":露着脚趾的草鞋,遮挡风雨、抵御寒冷的褴褛军衣,充饥的野菜、树皮、草根、皮带,解渴的马尿甚至自己的尿……

那些今天无从想象的一切,使我真切地感受到生命自身所蕴藏的伟力。正是艰苦卓绝的长征高扬起理想与信念的旗帜,激发了这种生命潜在的伟大力量,谱写了一曲人类在极限中彰显生命之奇崛、在绝境中张扬奋斗之豪情的悲壮的歌。长征是响彻寰宇的生命交响。顽强走出长征中那一个个生命绝境和那些长眠在长征途中的红军将士是这部伟大作品不朽的音符。

长征留给世界的是一座人类精神的宝库。二十世纪三十年代，美国记者埃德加·斯诺通过他的作品《红星照耀中国》首次向世界介绍了中国红军的长征，他在书中写道："总有一天会有人写出一部这一惊心动魄的远征的全部史诗。"斯诺本人就非常渴望写出这样一部史诗，但最终成了他的遗愿。到了二十世纪八十年代中期，为完成斯诺未实现的目标，美国作家哈里森·索尔兹伯里来到中国。在长达一年多的时间里，索尔兹伯里查阅了大量历史资料和档案文献，采访了还健在的经历了那次远征的老将军和老战士，并沿着当年红一方面军走过的路线重走长征路，行程七千四百英里（约合两万四千里），历时两个半月。一九八五年十月，索尔兹伯里在美国出版了他的著作《长征：前所未闻的故事》。他这样写道："那些从未阅读过红军壮丽史诗的人们，现在可以从某种意义上开始了解那些为了中国革命事业而不惜牺牲的男男女女的品质。他们将从这里开始知道人类有文字记载以来最令人振奋的大无畏事迹。""它过去是激动人心的，现在它仍会引起世界各国人民的钦佩和激情。我想它将成为人类坚定无畏的丰碑，永远流传于世。阅读长征的故事将使人们再次认识到，人类的精神一旦唤起，其威力是无穷无尽的。"

我渴望走近长征，切身领悟那感天动地的力量，还有几十年来那些滋润我们灵魂的不朽的精神品质。

二〇〇三年在中央党校学习，我终于得偿所愿。四月初，恰逢清明时节，几位同学相邀去了遵义。那天晚上，子夜时分，天上下起了小雨。我起身从宾馆楼上的窗口眺望灯火闪烁的遵义城。细雨无声，路灯的光亮在雨中显得格外晶莹明澈，清晰地勾画出纵横蜿蜒的街道。街上已少有行人，来往穿梭的车流仍然在述说着这个城市的忙碌，却没有丝毫的嘈杂和喧嚣。这座见证了中国革命历史转折的古城,装满了令人感动的安静与祥和,好像一个恬静怡人的梦境……

翌日晨,夜幕还未完全退去,我们一路向北前往娄山关。天上下着小雨,路面湿滑,经过一个多小时才到达娄山关。淅淅沥沥的雨中,我们拾阶而上。在当年娄山关战斗最激烈的小尖山脚下,我们瞻仰了娄山关战斗纪念碑。纪念碑为大理石贴面,正面是张爱萍将军题写的"遵义战役牺牲的红军烈士永垂不朽"十五个遒劲挺拔的红色行草大字,背面镌刻着毛泽东手书的他那阕充满悲壮英雄之气的名词《忆秦娥·娄山关》。纪念碑的基座上摆满了人们凭吊英雄时敬献的花圈和花篮。

沿着纪念碑右侧的石阶,我们一口气登上小尖山顶。细雨蒙蒙,云山雾罩,依稀可见山下公路上来往的车辆。当年战斗留下的工事还在,借险要地势扼守要塞,尽显一夫当关、万夫莫开的气势。遥想当年,遵义会议后,毛泽东指挥红军由遵义经娄山关北出四川,二渡赤水后又挥师向南展开遵义战役。能否夺取娄山关成为红军遵义之战成败的关键。在彭德怀将军率领下,红军战士披星戴月,踏着满地霜寒,昼夜兼程奔袭娄山关。午后赶到娄山关,立即展开向关口守敌的猛烈攻击,终于攻下了娄山关关口,占领了小尖山制高点。后战斗几经反复,枪弹声、厮杀声震荡峡谷。红军战士浴血奋战,终将娄山关守敌一举歼灭。身处小尖山战斗遗址,依稀可见山石上留下的弹痕,当年战斗的工事和掩体已经长满了灌木和野草。站在山顶环视娄山雄关,一片苍茫掩隐在无边无际的雨雾之中。脑海里时隐时现的是那场惨烈的战斗,眼前清晰地舒展开伟人那凝重悲壮、荡气回肠的词章:"西风烈,长空雁叫霜晨月。霜晨月,马蹄声碎,喇叭声咽。雄关漫道真如铁,而今迈步从头越。从头越,苍山如海,残阳如血。"

上午,我们返回遵义。在遵义会议会址,听讲解员详细介绍了当年红军面临的严峻形势和遵义会议的情况。一九三五年一月七日,红军进占遵义城。从瑞金出发后，经过两个多月的征战，特别是湘江一战，中央红军损失了大部分力量。此时，红军的命运到了生死攸关的节点，中国共产党人的理想航船也驶进了最为狭窄的航道。全军将士怀着急迫的期待，渴望能有新的转机帮助他们走出困境。一月十五日至十七日，由王稼祥同毛泽东商议后出面提议，并得到张闻天、周恩来、朱德的支持，中共中央在遵义召开政治局扩大会议。这次会议第一次把马克思列宁主义基本原理同中国革命具体实践相结合，清算了"左"倾军事路线，解决了红军的军事指挥和战略战术等关乎党和红军命运的重大问题，尤其是确立了毛泽东在红军和党中央的领导地位，使红军和党中央得以在极其危急的情况下保存下来。中国共产党领导中国革命的历史自此发生了最为重大的历史转折。

身临其境，我静静地、充满崇敬地环顾这间不足四十平方米的房间，眼前闪现着当时与会的二十多名共产党人的面影，想象着当年会场上缭绕的烟雾，以及与会者凝重的思绪和激烈的争论。我想，他们当时或许并不知道，或者说并不十分清楚，他们将要作出的抉择，将会怎样深刻地影响一支军队和一个党、一个国家、一个民族未来的命运？

我想起英国研究当代中国问题的知名学者迪克·威尔逊的著述《毛泽东》。书中记述了红军长征从瑞金出发时，中央决策层关于是否要毛泽东随中央红军一同转移的争议。威尔逊写道，起初决策者是要把毛泽东留下来的，后来不知什么原因，可能是希望避免路途中的各种争吵，也考虑到毛泽东曾担任红四军政委，当时还是中华苏维埃的国家主席，这样一种威望和资历，又使得毛泽东不得不去。

历史就在这一念之间为红军和中国革命埋下了一个潜在的转机。如果没有决策者的这个一念之变，或者说，没有毛泽东的长征，是否会有遵义会议的历史转折，是否会有四渡赤水、巧渡金沙、飞夺泸定的神奇用兵,是否会有同张国焘领导的红四方面军的合而又分、分而又合,是否会有红军会师陕北、开辟抗日根据地的崭新局面?

我立时感到一种透不过气的压抑。

是的,历史从来没有假设。但就是内心深处这偶尔一动的自问,也让我感到一种难以抑制的惊心动魄……

遵义之行已经过去十三年。那次短暂的行程,虽不能领会到长征这部光辉史诗全部的内涵,但身临长征中重大事件的发生地,仿佛在瞬间激活了自己对于长征历史的全部记忆,促使我不断思考长征对于当代人的意义。

索尔兹伯里说:"长征在人类活动史上是无可比拟的。也许,在长征途中发生的一切有点像犹太人出埃及,汉尼拔翻越阿尔卑斯山,或拿破仑进军莫斯科,而且我惊奇地发现,还有些像美国人征服西部:大队人马翻越大山,跨过草原……但任何比拟都是不恰当的。长征是举世无双的。它所表现的英雄主义精神激励着一个有十一亿人口的民族,使中国朝着一个无人能够预言的未来前进。"

鲁迅和茅盾当年听到红军长征到达陕北的消息,得知那支高举着人类最美好理想旗帜的队伍仍然在继续战斗,致电称颂:"在你们身上,寄托着人类和中国的将来。"

长征凝结了人类超凡的智慧和毅力,彰显了中国共产党人不屈的信仰和理想。

长征已经化作一种浸入灵魂的精神,它像一团从未熄灭的火,燃烧着国人奋斗的激情,鼓荡起每一个中华儿女建设伟大祖国、矢志追求中华民族伟大复兴的中国梦的巨大力量。

长征不朽!

(2015年10月至2016年9月于北京和伊犁)

心 有 星 光

仰望星空,漫天晶莹闪耀的星光让长夜灿烂得近乎喧嚣。凝神极目,那灿烂的喧嚣是宁静的,无声无息,令人坠入无尽的想象。这想象是悠远而绵长的,仿佛与故人心神相交;这想象是美丽而温暖的,好似约定了未来某个甘美如饴的时刻。于是,这悠长无际的想象激活了我心里沉眠已久的童真,我用自己仅存的一点天真,忘情地欢呼从浩瀚的星空照进我心海深处的星光。

心有星光,我的心路清晰而明亮!

我回身凝望催生了自己无数梦想的长路。那一束照进心底的星光,亮亮的,引我越过黑暗,走向那长路的起点。一个孩子站在路旁。我蹲下身子,轻声问道,你是谁?他怯生生地看着我,说出了一个名字。我很诧异,又很感动,因为那是我的名字,是儿时母亲唤我的乳名。我问道,你在这里干什么?他的小手指向我走来的方向,问我,这条路是到什么地方的,那里好玩吗?他的眼睛像一盏点亮的心灯,目光清澈,充满期待。我立时明白了,我找到了我自己!那是从我记忆里跑丢了几十年,总也寻不到任何踪迹的一个蒙童。那时的我,常常站在村口的路边望向遥远的天际。一条蜿蜒的小路通向村外,远远地牵着我的目光,在炊烟缭绕的雾气里变成田野间一条细长的线,化作一片朦胧的神秘。我对这条小路有着一种痴迷的向往,渴望沿着它走向远方。我知道,那条不知通往哪里的小路,将承载我的梦想,教我领悟一个生命远行的苦痛与欢乐。

是的,我的远足始于孩提时光从心底里萌生的希望。这个希望浸透了我对外面世界真挚而美好的想象,在心间疯狂地难以遏止地滋长起来。我试探着沿着村外的小路,迈出一步,又迈出一步,一点一点领略那路途上的陌生带给我的新奇与惊喜。有一天,我走来的小路突然连接上一条宽阔的柏油马路,我第一次看见了穿行飞驰的汽车。又有一天,我到了一个小镇里,看见一幢白色的小楼。我胆怯地走进去,沿着楼梯上到了天台,放眼眺望,第一次有了登高望远的感受。十七岁那一年的寒冬里,我蜷缩在一台手扶拖拉机装满麦草的车斗里,第一次进了县城。当我满头麦草屑站在街边,看着纵横交错的街道和来来往往的行人,心里满是激动和惊讶:这个城市真大呀!

将满十九岁的时候,我有了人生第一次真正的远行。那是一个秋天,我一路西行,沿途田野里收获的繁忙,戈壁大漠间空阔的寂寥,赛里木湖令人震撼的幽深与奇幻,果子沟层林尽染、沟壑峻峭……我像一个探秘者,年轻的心里鼓荡着发现的冲动与喜悦。坐了三天的汽车,我来到一座叫作伊宁的边城。在我茫然不知去向何方的时候,一位维吾尔族老人牵着毛驴车停在我的面前。老人的须眉白里透青,深深的眼眶里一双含着笑意的眼睛,长者的慈祥让我情不自已地感动。我心里暖暖的,莫名地觉得,老人就像是一个祖父来接自己的孙儿。我把行李放在车上,坐在老人的身边,在那个秋日的午后,沿着一条幽静的小巷,伴着小毛驴脖颈上一串铜铃清脆的铃声,走进了绿树葱郁的校园……

在古尔班通古特沙漠南缘一个小镇的路口,我肩背行囊,眼望一片盐碱地上稀稀落落的土坯房,耳边响起离开校园时同学相送的豪迈歌声,第一次在心里涌起一丝前路迷茫的忧伤。我知道,从此刻开始,我将像我的父兄一样独立面对自己未曾体验的真实而充满挑战的人生。那年冬季的一场大雪过后,我踏着没膝深的积雪,走进沙漠边上的一个村庄。整整一个冬天,我吃住在农民家里,白天和十几名村民代表一起,一块地一块地的去看,商量把村里的耕地分出优劣等级,讨论落实联产承包责任制的方案,一户一户去听大家的意见。晚上到村民家里串门,坐在热炕上,喝着熬得酽酽的砖茶,听他们聊村里的大事小情和包产到户给他们来年生计的新期盼。我学着他们的样子,抽着旧报纸卷的莫合烟,用搪瓷缸喝着从供销社门市部买来的散白酒,猜拳行令,体会他们像土地一样实在的真诚和朴实的快乐。第二年春天,当他们把发自心底的希望种进自家刚刚分到的承包田,他们对土地的深情和对自己勤劳的期待,深深地感动了我。我第一次心生一种事业成就感的喜悦,也第一次感受到那植根民心、忠诚民意的政治的尊严和力量。三年之后,我把自己的理想与追求寄托于一面镌刻着镰刀和锤头的光荣旗帜。

就这样,我渐行渐远,放飞了青春的梦想,经历了岁月的蹉跎。我探求真,领悟善,发现美。多彩人生,我不甘堕落;快意成功,我不敢傲人。失意苦闷时,我常想所受的惠泽而感恩;踌躇满志时,我静思任事的怠惰而自省。探索理想指引的路径,追寻人生奋斗的价值——心有星光,我日夜兼程!

我仰望仁人先哲高耸的思想巅峰。那是我力所不及的高度，我丝毫不存登顶的奢望。但我知道，那高处有这个世界最美丽的风景，还有人类终将抵达的最具魅力、最令人向往的理想彼岸。在那一座座盛开着思想之花的山峰脚下，我渺小如一只蝼蚁，谨小慎微地向那指向峰顶的曲折跌宕、时隐时现的小径投去敬畏的凝视。一群心忧苍生未来、背负天下福祉的攀登者，以无与伦比的坚韧和求索为人类理想探路，不断地点亮传递光明与信念的火把，照亮了芸芸众生前行的路程。因为他们，人类一步一步走出了蒙昧与黑暗。因为他们，科学和文明由一棵嫩绿的小苗繁衍传承为一片荫庇世界的绿树森林。思想，这是我远行路途中最动人的邂逅和心路历程上最深刻的碑记！

　　我品读文学大师的心灵史诗。他们抒写人类精神坚韧不拔的颂诗，他们讴歌社会变迁沧海桑田的壮美。他们深情的笔下，人类的情感被演绎得丰富而饱满，时而波澜壮阔，时而静若止水，时而欣喜若狂，时而痛彻寰宇，时而爱意绵绵，时而恨之切切……每一字，每一句，都透出大师们心灵深处善良的关切。人生的苦难与辉煌，人性的猥劣与崇高，爱恨交织，悲喜交集，使他们心灵的每一次探秘都如同天堂与炼狱的交替。他们对生命深切的关爱和温暖的抚慰，犹如子规夜半殷殷涕血的呼唤。"有你在，灯亮着。"（巴金语）无数个孤独守望的黑夜，我手捧大师们点亮的灯盏，静静抚平心灵的创伤，充满希望地望向东方，期待着又一个属于我的黎明！

　　我走进历史的深处凭吊先烈不朽的英灵。循着那面红色旗帜指引的道路，我找到他们的时候，他们的生命已经定格在一个激情燃烧的青春年代。当历史走过了漫长的路程，硝烟弥漫、血雨腥风的惨烈与悲壮已经远去，他们成为无名无姓的一个群体，矗立在神州大地的一座座纪念碑记忆和述说着他们曾经的奋斗与光荣。他们坚守理想信念的义无反顾，他们视死如归的凛然无畏，他们以牺牲生命对人生价值的诠释，让我为自己曾经振振有词的自我吁求而感到深深的愧疚和自责。我几乎不敢面对他们，因为我的内心有那么多耻于示人的私利。我追忆先烈，一点点去除心灵的芜杂；我缅怀英灵，一次次摒弃欲望的膨胀。理想的鼓舞和激励在我的心中升腾，我渐渐明白该以怎样的足迹续写先烈的光荣，当以何样的人生告慰英灵的遗训！

我站在波平浪静的江岸远望河水奔流的源头。那是汇聚了一路的涓涓细流，自遥远的过去奔涌而来，又无可阻挡地奔向未来的历史巨流。"一年年花开花落，冬去春来，草木又蓬勃；一页页历史翻过，前浪远去，后浪更磅礴。风吹过，雨打过，铁蹄践踏过；火烧过，刀砍过，列强分割过。抚摸着伤痕昂起头，吞咽下屈辱心如火。走过长夜，走过坎坷，走进曙色。"祖国母亲啊，您把伤痕累累的身躯包裹得严严实实，不愿让您的儿女再遭遇恐惧和惊吓。曾经的惊涛骇浪，曾经的绝地厮杀，曾经的雄关漫道，曾经的残阳如血……都远去了，好像大地从来就是这样安谧而祥和。我已经奢侈地挥霍了太多温暖的阳光和自由的呼吸，却从来没有想过历史为今天准备了怎样的启示与镜鉴。风和日丽，潮平岸阔，我分明听到一个智者的声音：今天的秘密在历史的深处！

心有星光，我悉心呵护先贤点亮的心灯。那些拨开我前路迷雾的思想，那些照亮我蒙昧心灵的智慧，那些滋养我道德精神的人格，永远是润泽我生命最温暖、最恒久的一条精神长河。

心有星光，我虔诚凝望先辈留下的足迹。他们给予我生命，他们指引我方向，他们激励我奋斗。他们挺立成一列没有尽头的信念，看护和照料着我的远行。

心有星光，我深情守望脚下的大地。她以静默的庄严令世间的一切轻浮难以立足，她以无言的宽厚抚平人们欲望的躁动，她以博大的胸襟拥抱人间所有的喜怒哀愁。她让我明白，人生坦然就是一种幸福。

心有星光，我不再惧怕黑暗！

心有星光，我不再怀疑善良！

心有星光，我不再迷恋浮华！

心有星光，我不再侈谈人生！

心有星光，我坚定地走在路上……

（2012年1月于伊犁）

心随云远翔

昭苏是一处边地,是我国极边的一片疆域。人们凭惯常的想象,会给边地一些描述:僻远,蛮荒,风俗粗陋,山野寂寥。继而或许还会有一些意象:一只疲累的孤雁,苍莽间飘起的一缕孤烟,边关冷月,寒霜满天,风声呜咽,大雪无痕。我到昭苏,从未觉得它荒僻粗蛮。早年去昭苏,我有未来。如今身临,我能追寻自己的过去。昭苏那片辽远的自然,促我省思这世间的蛊惑,从而心神安然。

三十多年前,仲夏时节,我第一次到昭苏。那时,我在一所教授草原学的学校读书。虽对这门科学时常有些茫然,也算是有了一门学问。那次去,只为实习课堂所学,无关风景,无关彼时骚动的青春,无关时下人们钟情的休闲之类。

在昭苏草原，特克斯河边，一处无人居住的土坯房里（想是一户牧人曾经的居所），我和同学们安顿下来。之后的一个月，我们每天去往汗腾格里山北坡，沿着山前丘陵向上，考察草场植被的垂直分布。我们拉起一百米的测绳，一百米一百米地走，一点一点登高，记录下每个一百米里的植物种类及其变化，并对草场品质作出评价。

那些随风起伏的草，叶子尖细的圆润的扁长的，身形瘦削的壮实的阔绰的，开着花的，吐了穗的，一应种种，于我，都是一个静默无声的客观——一门科学的阐释对象。我叫得出它们的名字，感觉陌生的，循其根茎叶花果的形态，也能查出它们是谁。我用一门知识的视角，观察它们向往生长的执拗与无忧，领悟它们以娇弱之躯，赋予生命运动不一样的诠释，它们的荣枯生死，虽是卑微，却也轰轰烈烈——不料想，许多年后，这些与草相知的日子，竟助我摆脱几多与人相处的困境。

终于一天，我们行至山上葱郁的松林，一股清凉自林中扑面而出。坐于枯木，任凉风习习，擦拭汗津津的脸，一抬头，一片莽原，旷野无声。特克斯河似一袭丝带，蜿蜒于苍翠的草地，闪闪烁烁。散布绿野的白毡房，在草木葱茏间飘起丝丝炊烟。草地上追逐嬉戏的马儿，腾跃欢闹，悠闲自在，一如畅游这片绿海的精灵。远望影影绰绰的昭苏县城，此间此际，竟像草原深处一座安谧的小村落……满眼都是，一种近乎原始的闲适。我不禁起身，蓄积起胸中全部的气息，向着那亘古原野，大声喊叫——哦，哦，哦……

风景是意外的，这或许是人们装满期待，奔向被喧嚷鼓噪的风景，却总是失望而归，悔叹"不去一辈子遗憾，去了遗憾一辈子"的情由。今天想来，人一旦染了"心怀期待的恶习"，往往只会把责难推给他者。人的不满足与此有关，人的焦虑与浮躁，亦与此有关。但，风景总是意外。美也是意外。

喊声散去了。青春逝去了。昭苏远去了。

暑往寒来三十载。我再见昭苏，已是知命之人，心中郁结了无从寻得缘由的心事。疏离昭苏的那些年，我也远离了我的草原学。那些叫得出名字、与我亲近有加的野草，如今已形同陌路。当年"八十年代新一辈"的激情和幻想，不知天高地厚、踌躇满志、舍我其谁的轻狂，也在跌跌撞撞的奔突中，被磨砺得干干净净。被现实教诲，一心要变得成熟，却愈来愈成了一个陌生的自己。

我时常会想起草原，总是心有不甘，不想浸渍于焦虑灼心的浮华，总想寻回过往，那股不谙世故、心怀梦想、不知疲倦的劲头。那样的寻找，交织着过去的熟悉与今天的陌生，让我感到恍恍惚惚。我终不能达成与现实的和解，隐匿于心的忧伤，不可遏制地泛起。浸没于孤独，我与自己谈话，像是面对一个人生的结局。

几年前，我重回伊犁。追忆同学少年、意气风发的时光，不由想起昭苏，仿若忆起一个暌违有年的老友。白石峰牵起的层叠峰峦，把昭苏遮蔽在山的那一边，但给我一种怂恿跟指引，好像提示我早年的应许。过乌宗布拉克，过阿克达拉，……昭苏似一幅画卷徐徐展开。盛放的油菜花倾倒了一地浓稠的嫩黄，与绿毯似的草地相间，旷野上是由远而近的呼唤。我贴着车窗，目不暇接，近前是工笔细描，远处是写意留白，突兀间又堆积起炫目的色块。我仿佛二十三岁的梭罗在故乡康科德"回归本心"的远眺与憬悟："就像透过远端一个天窗，我不时地瞥见一个宁静的友情之地，现在我算是搞懂了小溪为何私语，紫罗兰为何生长。这种心灵的联系，就像时聚时分的波浪，或许在世事中沉没，或许呈现出全新的面貌。"

在昭苏城北的岭上，我像一个垂钓者，面对这片河谷草原的空阔。山下不远处，修葺后的圣佑庙，经幡飘在微细的风里，宛若诵经声里的祈祷，低回平和安宁。特克斯河的点点波光，在和暖的阳光下，时显时隐，安抚了两岸草木葳蕤的大地。白毡房顶起蘑菇状的伞盖，袅袅升起的炊烟里，飘出牧人弹奏冬不拉的音符。草地深处，那些古战阵上奔驰嘶鸣，雄风烈烈的伊犁天马的后裔，徜徉在和平安宁的广袤草原。如洗的碧空里，散淡的云团，如同白色的焰火在蓝天炸开，形态各异，生趣盎然，凭一缕清风，不染污浊，飘逸远翔。四野祥瑞笼盖，宁静舒缓，昭苏依然远离尘嚣。

渐渐地，心底涌起隐隐的感动。当世间追逐物欲已是如此天经地义，昭苏却坚守着淳厚朴实的质地，无悔无怨，给疲于奔命的人们以自然的馈赠。我郁积在胸的心事一点点被摊薄，慢慢地感觉到轻松。那是一种身心卸去重负的释放，好像逃离密如铁桶的围困，呼吸立时觉得舒畅。"别是个、潇洒乾坤，世情尘土休问。"（晁补之词句）我像个身染重疾的病人，无救中却得了治愈的承诺。

我后来多次到昭苏。每踏上一次这片旷荡的原野，便在与自然相拥的时时处处，如禅修一般，萃取心灵与精神的感怀与醒悟。

一次去探访夏特古道，我驻足绵延神秘的浩浩林海。面对成长经年的参天云杉，想象它们孤独的生长里，曾经见证的商贾驼队、剑客游侠、涉险远足的旅人、星夜奔袭的军骑，幻化成飘逸的阵阵古风，令我身陷宏大时间的包围。大树把岁月的记忆刻进年轮，静观历史远去，陪伴时间悠然前行，自若淡定。周涛以狂傲骄人，却于盛年充满谦卑与尊敬，秉笔颂扬大树的伟大、高贵和智慧。托尔金终生爱树，他说，树是最高贵的植物，"生长的缓慢与长成后的精彩，让大树这种植物具有了高贵的灵性，笼罩着一层神圣感"。大树无言，人却喋喋不休。我为自己所谓的"天命之叹"，深感羞惭。

夜宿古道的那天晚上，我独步夏特河边。林海苍茫寂静，草地噤声无息。自然隐藏着自己的沧桑，从无倾诉，亦不炫耀。自然敦厚善良，倾其所有，馈赠人类，希望安抚人们滋长有加的冀求和欲望。自然也很暴怒,降灾难于人类,警示人们能有所悔悟,心怀敬畏。

在瓦尔登湖边,超验主义者梭罗教人们过简单的生活,简单使人心灵单纯。他说:"当虚幻的迷雾遮蔽了心灵,心灵挣扎着想从低俗庸碌的河谷里逃出,想冲破将地平线上的青山遮得严严实实的浓雾,这一切纯属徒劳,它只好对能一览近处的、并不好看的小山包感到心满意足。"但是,人已进化得很复杂,回到简单,比进化到复杂,或许要更难。人是那样的放不下,总为那些虚幻的臆想烦躁不安,为自己那点渺小的沧桑感感喟唏嘘。

夏特河轰鸣谷底的涛声,搅动凉意渐深的一轮清月,令寂静的夜生了些许寒意。那一晚,我默念着王寅的诗句:"晚年来得太晚了/在不缺少酒的时候/已经找不到杯子,暮晚/再也没有了葡萄的颜色。"一夜安眠。

后来,也是一个夜晚,在乌鲁木齐,满城灯火,车声鼎沸。我读到英国作家罗伯特·斯蒂文森的文字,不由心念在昭苏、在夏特河边那个安睡的晚上。他说:"室内的夜晚何等单调乏味,而在含芳凝露、繁星满天的旷野,黑夜轻盈地流逝,大自然的面貌时时都在变化。寓居室内者,在四壁包围的帷帐中憋闷至极,觉得夜似乎是短暂的死亡,露宿野外者,则弛然而卧,进入轻松怡适、充满生机的梦境。他能彻夜听见大自然深沉酣畅的呼吸。"

在昭苏,心随云翔的感觉很好……

(2018年9月于乌鲁木齐)

第二辑

忆　念

怀念兴岭书记

　　我认识兴岭书记是在二十世纪八十年代中。那时，他担任县委书记已经七年多，我则是一个入世不深的青年，刚由乡里调入县委机关。一年多后，他因胃癌逝世。光阴荏苒，岁月无痕，倏忽间，我亦过了知命之年，恰是兴岭书记辞世时的年岁。追忆正值盛年却不幸早逝的他，和在他身边工作的日子，竟觉恍若隔世。更想起，病魔附体后，他对自己责任的坚守，他在病榻上的煎熬和孤独的抗争，他在生命最后时刻里的不甘与无助，难以遏制的忧伤与痛惜杂陈于心，怀念之情不能自已。

　　兴岭书记一九三四年十月出生于甘肃会宁。会宁自然环境恶劣，因其穷苦不适合人类生存和一九三六年十月红军三大主力长征胜利在此会师而出名，尤因后者的重大历史地位使其成为中国革命圣地之一。兴岭书记在这片苦难与激情浸润的土地上成长，可以想象早年的峥嵘岁月给予他的憧憬和激励，那个乡间的翩翩少年投身革命时该是怎样的意气风发。一九五二年五月，不满十八岁的他离开家乡，参加中共中央西北局组建的土改大队来到新疆，在乌苏农村一干就是二十二年。四十岁走上县级领导岗位，先后任职乌苏县革委会生产指挥组组长，额敏县和托里县县委副书记。一九七九年到沙湾工作，直到去世，是该县历史上唯一逝于任上的县委书记。

一九八六年九月下旬，我到县委报到时，兴岭书记因几个月前检查出胃部肿瘤，到石河子医学院第一附属医院确诊后做了肿瘤切除手术，正在医院接受化疗。在乡下时，觉得县委书记是好大的官，他的名字也像个抽象的符号，离我很遥远。如今自己竟来到他身边工作，这样的机缘让我既感到一种莫名的恍惚，又对素未谋面的这位县委书记心生了几许期待，对他的病情便隐隐地关切和担忧。他的办公室在走廊西头，我的斜对门，隔几天我会打开那间锁着门的屋子透透气。有时我去开门时，会不由得心跳加快，心想，或许门打开，他就在屋里办公呢……

第一次见到他，是两个多月后的一天。那天早晨上班不久，我听到走廊传来一个陌生的声音，甘肃口音，嗓门很大。我赶紧出门，迎面走来一个身材高大的人，身后跟着县委办主任。他身披一件绿色军大衣，硕大的头颅，头发稀疏，方且大的脸膛透着威严，眼睛不大，许是晨间的寒风吹了，眼角嵌着泪滴。他从我身边缓步走过，明亮锐利的目光在我脸上稍稍停了一下，我心头立时掠过一阵紧张。看他径直进了西头的书记办公室，我方回过神来，这是兴岭书记回来了。

之后的一段时间，我开始与他有了接触。我注意到，他的身体并没有完全恢复，大病初愈，身子沉重而虚弱。他上班从走廊经过时，能听到他吃力的喘气声。进到办公室，他把肩头的军大衣随手搭在办公桌后的木椅上,松开肥大的黄军裤上的皮带(可能是让术后的肚腹宽松舒服些),坐进人造革面的沙发,用手指梳理一下凌乱地披在额头的头发,便点起一支烟,吸得惬意而享受。起初,我不敢跟他说话,他问起什么事,回答得也很局促,有时还因慌乱而语无伦次。他察觉到我的拘谨与胆怯,口气和缓地说不要紧张,慢慢讲。渐渐地,我在他面前不感到惧怕了,随着一点点熟悉他,便有了一种亲近感。

兴岭书记担任县委书记的九年,正值改革开放大幕开启方兴未艾的激情年代。从拨乱反正肃清"文革"遗祸,到把工作重点转移到现代化建设上来;从推行家庭联产承包责任制,到发展农村乡镇企业;从扩大企业经营自主权,到探索计划经济条件下发展商品经济的新路……国家每一项重大改革都要在基层落地,并且蹚出路来,一个县委书记的担当和殚精竭虑,是不难想象的。当今人陶醉于当下的辉煌,已经少有人忆起兴岭书记那一代人于改革大潮初起时的任重与风险,以及他们身在苦境而不弃使命的义无反顾。想到这些,脑海里便陡然而出小平老人家那句满含悲壮的名言:"杀出一条血路!"

兴岭书记离世已经二十七年。他生前的作为与成就,以及当年送别他的时候,那些抹去了生活丰富色彩并抽象概括的颂词,经过时间的淘洗,在时过境迁后,早就像烟尘一样消散了。但在我的心里,却一直保存着他生命最后日子的一些记忆。那是一个县委书记在疾病缠身,笼罩他的权力光环逐渐黯淡时,令人感怀神伤的一些情景细节。时间久了,这些记忆不仅没有淡忘,反而变得愈加清晰,挥之不去,萦系于心。

兴岭书记从医院回来不久,按照地委部署,他召集县委常委会议专题研究县乡两级换届选举工作。考虑到县里村级整党正在节骨眼上,冬季农牧业生产也面临不少急务,县委常委会对换届选举的具体安排作了一些调整,没有完全照搬地区精神。会后,他与地区指导组沟通意见,结果与地区同志发生了争执，还发火拍了桌子。地委得知情况后，发电报严厉批评县委，责令作出书面检查。他向常委会传达了地委指示，说这个责任他来负，他个人向地委作检查，还说检查报告要自己写。常委们说这是会议集体研究的，不应该他一人负责，并劝他说你刚出院，身体还在恢复，不要太过劳累，稿子还是让办公室写。但他很坚持，大家也拗不过他。

那天下午，他紧闭房门，一个人在办公室写检查，下班了还不见出来。明知道他身体熬不住，但谁也不敢进去催他。一直到晚上十点多，他开门出来，满脸青灰，神色疲惫，身后办公室里一屋子的烟雾。他声音低弱地交待我把稿子送去打印，当晚就报给地委。他离开时，那件军大衣斜披在肩上，两脚像是没力气抬起，拖着地，沙沙的脚步声在灯光暗弱的走廊里响着。望着他缓缓离去的背影，我分明感觉到他内心的黯然，还有郁结在心头的煎熬与沉重。

来年春耕时节，我跟兴岭书记下乡，同去的还有县委顾问和农工部长。半个多月时间，我们四个人挤在一辆车里，把全县乡镇都跑了一遍。他从不开会听汇报，每到一地，他白天到田间察看墒情，询问种子化肥柴油等农资供应情况，了解春播进度。有群众围拢来反映问题，他就盘腿坐在田埂上，从口袋里掏出莫合烟，一边招呼大家来抽，一边听意见。晚上吃住在乡镇招待所，约乡镇领导谈话，了解基层工作和干部情况，现场嘱咐交办一些群众的信访问题。一次在北部一个乡，他严肃批评乡长不听招呼擅自外出，还把乡党委书记喊来，当面交代两人，召开一次班子民主生活会，对乡长进行批评帮助。还有一次在另一个乡，他协调解决一桩群众信访问题，严厉申斥乡里负责人对群众诉求麻木不仁，讲得激动了，他突然起身，松开皮带的黄军裤掉落到脚踝上。事后，同去的县委顾问说他身体本就虚弱，脾气发大了要伤身，也担心乡里同志接受不了，还拿他掉落裤子的事揶揄他。他听了一笑，不置可否。

入夏以后，我发现兴岭书记脸色暗紫，身形疲倦，步履沉缓。问过他夫人冯阿姨，说他晚上腹部时常疼痛，入睡很困难，劝他去住院检查，他说等县里换届结束了再去。我不禁忧心他的身体。一天下午，他叫我陪他去石河子的医院，看望重病的老书记陈岱明。陈岱明是参加过红军长征的老干部，战争年代五次负伤，失去了一只眼睛和两根肋骨，一九五〇年进疆后即任额敏县县委书记，后长期在地委担任领导工作。到了医院，一间逼仄简陋的病房，病床上躺着插满了各种管子形容枯槁的老书记，床前一张木椅上坐着一位六十岁上下的女同志。兴岭书记上前跟她握手，轻声唤她大姐，问她老书记的病况，嘱咐她保重。大姐让他坐了椅子，自己缓步出了病房。老书记已经没有意识，无法与他交流。他静静握起老书记的手，轻轻摩挲，像是他们之间另一种无声的沟通。直到今天我还清晰地记得，那天下午，从窗口斜射进来的阳光刚好落在老书记病床的一角。他对老书记真诚的崇敬和爱戴，他凝重的脸上不加掩饰的惜老之情，还有那一缕照在洁白床单上的阳光，让那间寂静得仅能听到老人微弱呼吸的病房，充满了令人感动的温暖。

八月间，县乡换届完成后，兴岭书记住进了县医院。经检查诊断，他胃部肿瘤复发，而且已经扩散至身体多个器官，无法施行手术，只能服药物保守治疗，尽可能减轻病痛。住院期间，他隔一段时间还会约县领导和部门负责人来谈事情，了解自己住院期间的工作。谈话时他听得很专注，问得很仔细，表达自己意见时话不多但意思很明确。我能感觉到，同事和下属们对他都很尊敬，言语间透着一种不敢马虎的小心。

那段时间，我每天都要去医院，送去他要看的文件和报纸。我每次去，他都很高兴，好像一直在盼着，伸手接过我递上的文件夹，戴起老花镜，全神贯注地看起来。我坐在旁边的椅子上，一边等他看完，一边注意他身体的变化。他的病情明显的在加重，一天比一天憔悴，脸色逐渐变得蜡黄,身体也越来越消瘦。我隐隐感到不安,内心焦灼却无从帮助他。

到了十月底,他已经不能坐起,大部分时间只能卧床,偶尔可以倚靠在床头动动身子。那天,我去医院看他。主治医生刚做了例行检查出来,见到我,摇摇头,一脸的无奈,说治疗已经没有太多作用,现在他受到的最大折磨是疼痛,治疗主要是想办法镇痛,减轻他的痛苦。我进了病房,他想坐起来却已经没有力气,我赶紧过去扶他靠在床头。他迟滞的目光看着我,搭在腹上的手无力地指了指床边的椅子,示意我坐。我没有说话,也不知道自己还能做什么。我知道,无论是安慰也好,宽心也好,还是我想要做的其他的一切,都不是他所需要的。我们这些仍然健康的生者,都只能永远辜负他,因为我们无法真正去做他想要我们做的那唯一一件事——帮助他为生而战!就那样静静地坐着,看着他,陪着他。这时,他低声对我说了一句话:"十三大快开完了,到时候你把报纸送来我看看。"这句话来得那样突然,语气里好像还带着些许请求。我一时错愕,仓促间点了头,眼睛不觉就湿了,心里一片空茫。

十一月中旬,一天上午,医院来电话,说兴岭书记叫我。我一边急火火地出门,一边揣想他会有什么事,骑上自行车就往医院赶。进到病房,见他两眼紧闭,沉沉地睡着了。我不忍叫醒他,坐在床边等他。他硕大的头颅小了很多,眼眶深深地陷在额头下,颧骨高高隆起,两腮凹陷,脸颊松弛,脸色黯黑,原先高大的身量也已萎缩成枯槁的骨架,硬撅撅地隐在被子里,没有任何生气。约莫一刻钟的样子,他醒了,慢慢睁开眼,深陷的两眼恍惚迷离,目光沉滞浑浊。他看到我,声音细弱地说:"你帮我找本书,《三侠五义》,过去想看,没时间,现在可以看了。"我即刻去找,到县文化馆说没有,又去县师范学校图书室,终于在书柜顶上撂着的一堆旧书里找到了。拿着那一套三册的《三侠五义》赶回医院,他见了,竟像得了什么宝物,脸上掠过一丝虚弱的笑意。我松了一口气,心里却满是苦涩与酸楚,说不清的一种悲楚。

一九八八年二月十四日，兴岭书记走了，时年五十三岁零四个月。还有三天，就是农历戊辰年春节，他却等不及了。与病魔斗争了半年多，他孤独的意志力经受了巨大的考验，直到被肆虐的肿瘤蹂躏到苟延残喘。他再也不是那个强势的在任何重大事情上从未妥协过的县委书记，他只是一个重疾在身的病人，他终于妥协了。他最后的日子过得像慢动作一样，展示了一个生命最本能的坚强与最悲壮的抗争！那部描写清官包拯在江湖侠客义士辅佐下审断疑案、除暴安良、伸张正义的《三侠五义》（原名《忠烈侠义传》），他仍然没有看完，成了他最后的遗憾！每念及此，我总是无端地想，比起他身为县委书记的许多未竟之志，他这最后的遗憾更令人感喟唏嘘。

兴岭书记如果健在，他已年届八十。但我无从想象八十岁的他该是怎样的一个样貌。在我的记忆深处，他永远都是那个五旬壮年的形象，身形高大，神色自若，淡定从容。这么多年过来，他渐渐成了我的神交，虽阴阳两隔，却相知日深。心底里对他的怀念，也令我时刻警觉世间种种喧嚣而躁动的蛊惑，平和安然地活在这个多彩的世界。

（2014年10月于伊犁）

明媚阳光照亮他的精神世界

一

时间如逝水,哈孜·艾买提先生辞世已近两年了。

二〇一七年十一月二十六日,那天是周日。上午十时许,突闻噩耗,哈孜·艾买提先生于清晨八时四十五分永远离开了我们。闻此悲讯,我不禁一时恍惚,良久不能回神。呆立窗前,恻然而望,刚刚降下入冬后第一场大雪的乌鲁木齐,一身素衣,空蒙迷离。我的心顿觉一阵战栗,难抑的悲伤与痛惜,亦如那白茫茫的一片虚空,无所依凭。

一周前的中午,得知先生病重在医院抢救,我急匆匆赶去探视。在自治区人民医院急诊中心重症监护室门口,见到先生的长子、新疆美协副主席、新疆画院油画家亚里昆·哈孜。他和两个妹妹、一个弟弟在病房外搭起的简易床上静坐守候，等待消息，一脸焦虑，满是伤怀。

亚里昆告诉我，十天前，先生心脏病突发住进医院，经过治疗，病情明显好转。医院考虑，他年事已高，又有多年的糖尿病史，目前情况虽然见好，但保险起见，还是住院继续治疗比较好。先生固执得很，对他们兄妹说，自己的身体心里有数，不会有大事，赶快出院回家，不要让你们的母亲着急。子女们拗不过他，昨天下午便办了出院手续。谁料想，今天凌晨，他又发了病，送到医院，医生诊断是糖尿病并发症引起的多脏器功能衰竭。医生与他们兄妹商量，马上插管上了呼吸机，依靠生命支持系统维持体征，待病症平稳一些再采取进一步治疗措施。言语间，亚里昆直后悔不该让父亲出院。

先生入院第二天，自治区党委常委、宣传部部长田文同志到医院探望。征得医生同意，她和我进到重症监护病房。田文同志向先生转达了自治区党委和政府对他的关心，劝慰他积极配合医生治疗，并叮嘱医院负责人全力救治。

前天傍晚，机关老干处的同志打来电话，说先生病情好转了，拔了管子，去了呼吸机，情绪也稳定许多，还说要喝家里煮的米粥。挂了电话，我顿感轻松了许多，心里觉得以先生做人从艺洋溢着的旺盛生命力，相信他定能胜了病魔，跨过眼前这道坎，病体康复，续写一代艺术大师的人生传奇。

万没料到，这才过了一天，先生竟驾鹤离去，匆促而决绝。先生于我，倏忽间成了一个背影。我只能把充盈心怀的崇敬，化作两行悲悼的清泪，与他惜别……

二

哈孜·艾买提先生一九三三年九月出生于新疆喀什。他是中国共产党党员,当代著名画家,艺术教育家,教授,毕生致力于美术创作和艺术教育事业。曾任中国文联委员,中国美术家协会副主席、顾问,新疆美术家协会主席、名誉主席,新疆艺术学院院长,新疆文联主席、名誉主席,第九届全国人大代表,第四至第七届新疆政协委员。二十世纪八十年代获授"国家级有突出贡献的中青年专家",一九九一年起享受国务院政府特殊津贴。新疆维吾尔自治区党委、政府颁授他首届"天山文艺贡献奖"。先生是一位深受新疆各族群众和社会各界尊敬和爱戴的美术大师,也是我景仰和崇敬的前辈。

我与先生过去并无交集。幸得与先生相识,是二〇一七年四月我到文联工作以后。掐指算来,我与先生真正交往的日子,竟是他在这世间最后的半年时间。太短了!短得让我没有一点机会,去追索和探寻这位杰出艺术家的大德高艺,深入品读他的心路历程和艺术传奇。于今缅怀先生,我心愿所想,就是把这"短"拉"长",不遗失一点一滴,将自己对一个艺术大家的回忆深深镌刻于心底。

五月下旬,我到文联工作月余,与新疆电影家协会筹划,邀集疆内部分著名文艺家,拍摄一部爱党爱国主题的公益宣传短片,确定在乌鲁木齐南山和红山完成外景拍摄。拟定邀请人员名单时,考虑在新疆文艺界的德行威望和个人艺术成就,哈孜·艾买提先生成为大家最期待的参与者。但了解到先生年事已高,出行不甚方便,且有病痛缠身,是不是请他参加,大家心里踟蹰,颇费了一番思量。后来打电话征求他的意见,他说,不必顾虑那么多,这样有意义的活动,就是不安排他,他也会主动要求参加的。

开拍的那天早晨，文联主席阿拉提·阿斯木亲去先生家中接他。先生夫人赛丽曼老师千叮咛万嘱咐，张罗备好了他要吃的药，特意交代他带上了坐便用的高脚凳。好像还是惦记和担心，便略带幽默地对阿拉提说："我把他交给你了，你接走他是什么样子，工作结束后要原样给我送回来。"阿拉提后来对我说起这些，我们都很是感动。

那天中午，我到新疆作协南山创作培训基地，看望拍摄间隙在那里休息的作家和艺术家。第一眼看到先生，立时因他周身透出的长者风范而心生敬意。他一身灰色西装，右手拄一根拐杖，身形魁梧，面额饱满，脸色红润，笑容澄澈，眉目间满是慈祥，触目皆是不动而敬的君子之风。尤其给我印象深刻的，是他那一头灰白色的头发，许是因为太过浓密和粗硬，似有一种梳不拢的倔强，随时都要绽开迸射一般，令人感到有深蕴其中又恣肆涌动的激情。面对这位蜚声艺坛的大画家，由他那满头沧桑恣意的浓发，我脑海里瞬时闪现出他那些经典画作，好像突然悟到他的艺术创造中所张扬的一种精神力量。我紧走几步上前，双手紧紧握住了他伸出的右手（在我趋步近前时，先生已把拐杖换到了左手）——那是一只厚实的、极有分量感而又柔软温热的大手。

我向先生问好，感谢他的支持和参与。他微微一笑，说他已经八十四岁了，做不了太多事情，只能尽点微薄之力。没见面时，我心里还有些忐忑和顾虑——先生这样的名家大师可能不太好接近。这时我发现，他非常亲切和善，也很平易谦和，完全不像那种自认才学高深的人，摆出学者名人的派头，端着拒人千里的架子，使人感到心寒意冷。而且，他很热络，有意造成一种"新交似旧识"的氛围，使你感到轻松和自在。

在作协基地小院的凉棚下，先生与我促膝而坐。他很健谈，但那天他却并未与我谈绘画，谈艺术，谈他的作品。这使我至今仍感念不已——当时我初到文联，对艺术近于白纸，读画鉴赏、品艺论美亦是一窍不通，他若真要谈起这些,我只怕要无所措手足了。事后琢磨个中缘由,并不觉是先生有意为之,这或许正是他的学养修为所使然。

两年多过去了,今天忆及那个中午,追怀与先生第一次见面的情景,依然感觉暖意盈怀。

三

又见先生是八月下旬,临近古尔邦节,我去他家中看望,向他和家人祝贺节日。是赛丽曼老师开的门,身后是拄了拐杖迎在门口的先生。他拉我进到屋里一间南向的大房间,迎面三扇大窗,宛如一开间宽敞的阳光房,采光充裕,温暖舒适。这是由两间房打通改造而成的,靠外半边是客厅,里面半间摆一张书案,是书房,也作画室。屋内墙上挂了先生的一些画作,多为人物肖像等小幅作品,书案背后则是一幅几乎挂了整面墙的画,是人们熟悉的油画《葡萄熟了》。

先生引我坐到靠窗的沙发上,他因坐沙发起身不便,便坐了我对面隔了长条茶几的高靠背木椅。让茶寒暄一番,先生谈兴渐浓,便畅怀聊了起来。

他谈了老来创作方面的情况,对自己艺术生涯的回顾,也谈到对时下文艺界和美术创作中一些问题和倾向的看法,还有关于《罪恶的审判》《木卡姆》《乐迷》等几幅作品的创作过程。他说,他几十年的艺术创作道路,是按照毛主席延安文艺座谈会讲话的要求走过来的,学习了习近平总书记在文艺工作座谈会上的讲话认识到,在文艺中为什么"人的问题"在今天仍然不过时。因为离开我们熟悉的人和他们的生活,文艺事业和艺术创作就不会有大发展,也出不了伟大的作品。他说,他作品里画的那些人物,是他在农村、工厂和车站、巴扎写生接触过的,在工作和生活中了解和熟悉的，他们都在脑子里，作画的时候他们就在眼前。他说，他不反对抽象艺术，但不关心现实的人和生活，艺术怎么面对群众和社会？

谈得兴起，他起身引我到那幅《葡萄熟了》的画前。他说，这幅画是当年为北京人民大会堂新疆厅画的。作品构思很顺利，创作当中心里充满了快乐。他指给我看画面里的人物，对我说："他们每一个人的脸上都写着幸福，那是丰收的喜悦，是社会主义新生活的幸福。你看那个趴在地毯上的小孩子，多好啊！"说着便开心地笑起来。那是一个光着屁股的幼童，应着母亲召唤的手势，正在爬向地毯上一小堆鲜绿的葡萄——那么美的一个场景，那么让人感动的生活气息。我看一眼先生，他脸上掠过一丝略带骄傲的满足，那是艺术家禀赋的某种异质，一种感觉很清晰的智慧，却无法用词语捕捉和描述。

时近中午，我们的谈话结束了。近两个小时的时间里，主要是他在说，我间或与他交流一些感受和看法。听先生谈话，我时不时会凝神于他那满头浓发，关注他此时的形貌与神态。他双手交叠扶在拐杖手柄上，两眼微微眯起，用心专注，讲话率性，丝毫不存揣摩，全无委蛇之言。这也印证了罗丹的一句名言：艺术是一门学会真诚的功课。这位一生闯荡艺术世界的八秩老人，以源自心灵的真诚与激情，书写真正的人生和艺术，修得如此胸襟坦白、谈吐真率、智慧友善的品性，令我由衷地心生崇敬。

四

九月中旬的一天，先生托人给我带来《天山魂——哈孜·艾买提美术作品选》。那部书是八开本，铜版纸印刷，分量很重。

我从没有这样集中地看过先生的画作。我把书摊开在办公桌上，一页一页翻，一幅一幅看，七成多的作品是第一次见到。几幅人物众多的油画作品,如《罪恶的审判》《清算》《木卡姆》《乐迷》《地毯·维吾尔人》《天山颂》等,近看觉得不过瘾,又把书立在窗台上,站在远处细细端详揣摩,虽比不得观展看原作,但仍然感到很震撼,真切领悟到一个杰出画家深厚的生活积累和精进的艺术追求,还有他通过自己作品折射出的丰富精神世界和高尚艺术人格。

我特别认同书名"天山魂"和文艺理论家刘宾先生的阐释:"'天山魂'就是挚爱祖国、民族、家乡和人民,忠贞不二、矢志不渝的精神、情感、品格和行为。正是这样的'天山魂',不仅体现了哈孜先生作为'祖国和民族之子'的自我意识,构成了他的作品弘扬高尚思想、精神和情感的能量场,也形成了他那种不停顿地开拓、探索、力求创新的艺术人格。"

读先生的画,我能体会到他对人民的挚爱。他的作品题材很亲切,有很深厚很坚实的生活根基,创作方法是现实主义的,抒发情感表达的是人民的喜怒哀乐。他的作品,看不出丝毫炫耀所谓技法的虚浮,从来没有扮鬼脸、作怪样来唬人。不论是油画国画水粉画还是版画,人是他作品始终如一的主题。那些人物众多的大画幅作品,还有那些精美的人物肖像画,传达出的善良、智慧、乐观、向上的美好情感,珍爱生活、感恩时代、追求幸福的精神内核,恰如一泓清澈的溪流,滋润人们的心田。源于生活、植根人民,朴素、率真,这是先生艺术追求最令人感动的,也是他的作品的魅力所在。正如苏联音乐大师普罗科菲耶夫说的:"巨匠们所创造出来的那种力量和生命力,就在于他们的作品永远为人民所理解而又觉得亲切。"

品先生的画,我能感受到他对自己身处的这片土地炽热的眷恋。他的作品的色彩倾向是清朗明丽的(只有少数几幅作品采用冷色调,《罪恶的审判》即以表现阴天的灰色揭露旧社会的黑暗),突出表现的主题是新社会新时代人民生活的新气象。我想,这与他对祖国的忠诚,对党的热爱，对党领导下新疆各族人民创造幸福生活发自内心的赞美，是紧密相连、息息相通的。一个画家，心底里涌动着与时代相互激荡的崇高感情，他的画笔挥洒出的必然是鼓舞人民的精神力量。从《葡萄熟了》《丰收的喜悦》《向毛主席汇报》《天山颂》《歌舞之乡》《木卡姆》《乐迷》等大量作品中，都能读出先生为新时代明媚阳光所照亮的精神世界。他念兹在兹、赤诚守护的，唯有祖国西部这一片神圣的土地，和在这片土地上生生不息的各族人民。

对身处的这个伟大时代，先生心怀感恩。他说："如果不是新疆解放，共产党、解放军到了喀什，就不会有一个画家哈孜·艾买提。"

对我们伟大的祖国，先生一腔深情。他说："在我的创作生涯中，无论何时何地，从没有忘记赞颂祖国，讴歌中华民族。我是一名中国的画家，我一直在画中国最美的人物。"

对自己身为一个中国人，先生风骨峭峻。他说："在欧洲和其他国家，我总是自豪地告诉他们，我是来自中国新疆的一名画家。在那里办个人画展，是让欧洲认识中国、认识新疆的极好机会。"

五

二〇一七年十二月二十九日，哈孜·艾买提先生辞世一个月后，新疆文联和新疆美术家协会、新疆书法家协会举办的"不忘初心 牢记使命——庆祝党的十九大胜利召开美术书法作品展"在乌鲁木齐国际会展中心开幕。进入展区看到的第一幅作品，是哈孜·艾买提先生生前特意为展览送来的国画《温暖》。这也是这幅作品首次公开展出。

作品以二〇一四年二月十二日发生的于田地震为题材，表现了灾区群众在党和政府关怀下，面对灾难仍充满对美好生活希望和信心的精神面貌。画面有三个人物造型——维吾尔族祖孙三人。爷爷头戴黑色高顶羊羔皮帽，帽子上落了些许雪花，满是沧桑的脸上微露宁静欣慰的笑容，身穿军大衣，手拄拐杖，微微仰面望向右前方；奶奶坐在爷爷旁边的地上，笑脸慈祥，身上的军大衣宽大厚实，前襟裹住的小孙子，从大衣领口处露出稚嫩俏皮的小脸。作品人物以彩墨绘就，背景采用淡墨写成沙尘似的灰色。一立一坐两位老人身上大衣的军绿色构成作品的主色调，与老人身后灰蒙蒙一片，寒风里枯干的一棵杏树，地震坍塌的房屋废墟，形成鲜明的色彩对比，凸显了作品的主题。

我立于画前，目力所及的两团橄榄绿色，使画面产生一种动人心魄的张力，被这绿色包裹着的躯体的温暖触手可及，令我感到危难之时人民赖以依靠的强大力量。我注意到，先生对这幅作品画面的构思设计也颇为用心：作品画幅为纵向，高度长于宽度较大尺幅，站立在废墟前的老人形象几乎贯通整个画面。独具匠心的艺术呈现，更加彰显了在党的领导下人民群众直面灾难的不屈精神。

这是先生温暖的谢幕，他用艺术安慰并激励后人。幕落时分，先生的艺术赋予我们的崇高情感，像纽带一般把奔赴远大事业的追求者们紧紧地联系在一起，深情憧憬家园美丽、祖国梦圆的绚丽前程。

睹画思人，大师却已远行。凝望先生渐渐远去的背影，不尽的怀念在心底漫溢，蒙泪的双眼，隐隐约约又看到他激情四溢的满头苍发……

（2019年7月于乌鲁木齐）

母　亲

一

整理书房，一本书里夹着的一封信掉落地上。我捡起来，只看了白色信封上那秀雅的字迹一眼，竟感到一阵恍惚，仿佛远远的，听到一声母亲对我的轻唤。

这是母亲十八年前一个夏日给我的来信。当时父亲患脑梗偏瘫已近半年，她告诉我父亲的病情和治疗恢复情况。"你爸爸的病主要是脑梗性的脑萎缩，所以好得慢，今后可能站起来，也可能站不起来，还要靠他自己配合，如心情、毅力、信心、锻炼等，我会尽心帮助他恢复。给你写这封信，主要叙说我的心情。有时想起过往，曾背着他掉眼泪,虽然生活中吵吵闹闹,但毕竟与他共同生活四十二年了。为一群子女劳累了一辈子,眼见日子好过了,他却得了这种病……"

母亲离世五年多,我最怕一个人的时候想起她。不止一次想过要写一篇关于她的文字,但却不敢触碰记忆里她曾经的沉重和疲惫。身为儿子的我不曾为她分担,心里的愧疚与自责常使我为自己的苟活有负罪感。噙泪重读她的来信,她平实冷静的叙述里透出的担当和坚持,还有她深藏心底的悲苦和无奈,让我情不自禁忆起她在世时的点点滴滴。

母亲一生,在二〇〇七年九月二十二日子夜归于沉寂。那一年,她七十五岁。她生了八个孩子,养育七个儿女成人(我的三哥出生后过继给了二伯)。在生命的最后三年,她瘫卧在床,枯瘦的身体在病痛中苦苦挣扎,耗尽了自己全部的心力。在远离故乡一片荒芜的山梁,她卸下此生的重负与苦痛,去往另一个世界安静地歇息了。

那天清晨,我们送母亲到山上。看到她与先她而去的父亲重聚在一起,晨曦里阴湿的墓穴仿佛一个黑洞,顷刻间让我坠入无边的黑暗。母亲不会回来了,她离开我们远去了,不再顾及和惦记我们了。儿女子孙们以后能活成什么样,全看他们的造化,她再也用不着牵肠挂肚了。

母亲走后,我常常茫然于回家的路途。这么多年,离家在外,心灵倚靠的是有母亲在的那个家。那是一个踏实而温暖的存在,满屋缭绕着她带着浓浓麻辣味的川东乡音,角角落落浸透了她慈爱温厚的气息。如今,她不在了,那个家的魂也没了。她慈和的面容,她忙活的身影,她悉心操持下给予我们希望的一切,只在我的记忆里,成为充盈心怀萦绕不去的想念了。

二

母亲二十八岁生了我。我记事时，她三十出头，还正是一个女人成熟而有光彩的年岁。母亲那时的模样，我已经记不很清楚了，只隐约记得她一头齐耳的短发，浓密整齐，衬出一张圆而白净的脸庞，一双黑亮的大眼睛，冬天里脖子上围一条咖啡色的大围巾。长大后，没见她再用过那条围巾。

我幼时记忆里，母亲是一个辛苦劳作的农村妇女。白天和社员们去生产队的大田里干活，收工回家，便忙着烧火做饭。一家人吃了饭，她还要剁猪草，就着刷锅洗碗的水煮猪食喂猪。忙完这些，天也黑尽了，她点起煤油灯，大呼小叫地安顿几个小的睡觉。今天想来，母亲那时的生活就是忙碌和劳累。

在大队小学读书时，听老师讲起母亲，称她冯会计，说她字写得好，算盘打得好，算账快。我不知道母亲做过什么会计，懵懵懂懂地，心生对她的好奇。回家问她，她一笑无话。

一次，我偷偷打开母亲压在炕头被子下的小箱子。那条咖啡色的围巾叠得整整齐齐放在里面，还有好多照片，大多是母亲的，有一个人照的，有和别人合照的，照片上的母亲年轻漂亮。印象深刻的是一张合影：篮球架下，几个青春焕发的男青年穿着印了字的背心列成一排，母亲戴着一顶前面有檐的帽子，双手插在裤兜里，侧身站在边上，满脸的笑容。又翻出一个小本，布面封皮上印着"工作证"，里面两页纸，一页贴着母亲学生模样的一张小照片，另一页是写了一些字的表格。我很费心思地琢磨这只箱子和里面的东西，却怎么也理不出个头绪。那点童真的想象还无法把自己熟悉的母亲与照片里的她联系起来。

在公社中学读高中时,有同学吹口琴,我想学便买了一把。回家后母亲看到了,她神情中露出一丝异样,拿过去含在嘴里,吹了一支我没听过的曲子,很好听。我吃惊又兴奋,问她怎么会吹口琴,她说小时候学的。她又吹了一曲,我还是没听过。问她是什么曲子,她说是读书时看的电影里的插曲。后来知道是电影《马路天使》里周璇唱的《四季歌》。

那个年代在农村,像母亲那样年龄的农家妇女,能读书写字的很少,还能用口琴吹出那么好听的乐曲,我更是想不到。去问大哥,他说小时候在山东老家见母亲吹过。婶婶告诉我,母亲跟父亲从四川到了山东老家后,不习惯那里的生活,和父亲家里的人也说不到一起,就经常带一只小凳子,拉着五六岁的大哥,到村外的枣林里吹口琴。再看母亲,年不满五十即青丝染霜,瘦削的身体已显疲累,那个在金丝小枣的清香里吹口琴的少妇,遥远如一个传说。

"文革"后不久,一次跟母亲看电影的记忆也很深刻。那天,传来十多里外兵团团部要放《一江春水向东流》的消息,母亲早早地打发大哥去买了票。太阳还没落,她就让大哥、二哥用自行车带着她和我赶了去。那是我早年看过的最长的一部电影,黑白片,里面的演员都不熟悉,影片故事里讲述的人和事我也十分陌生。电影结束了,母亲还专注地盯着银幕,流露出一种别样的神情。回家的路上,她显得特别兴奋,给我和两个哥哥讲起二十多年前在四川老家看这部电影的往事,还讲了好多她看过的老电影,她喜欢的老演员。像白杨、赵丹、上官云珠等,这些中国电影史上光彩夺目的老艺术家的名字,最初都是从母亲那里听来的。时隔几十年重看《一江春水向东流》,好像让母亲回到了年轻时候。她的心里分明藏着很多对过去时光的美好记忆。

回想起来,早年对母亲这些零零碎碎的发现,似乎也是少不更事的我对自己身世的一种探究。我刚刚睁开一双稚嫩的眼睛看这个世界,未历人世艰难,也不谙尘世诡谲,无法穿越深藏在母亲心底的蹉跎岁月。我更无从想象,在四川山东新疆那样的地域跨度上,母亲和父亲有过怎样的际遇,这个命途多舛的四川女人又有着何样的颠沛流离。

三

母亲祖籍四川万县(今重庆万州区)。那是一座历史悠久、人文荟萃的千年古城,因"万川毕汇""万商毕集"得名,早前是四川辖内与成都和重庆齐名的城市,史上有"成渝万三足鼎立"之说。其地处长江上游、四川盆地东隅,扼川江咽喉,东临三峡,为川东水陆要冲,素有"川东门户"之称。二十世纪三十年代初,母亲即出生在那里,并在那片山灵水秀之地度过了她的童年和青年时代。

母亲祖上称不上显赫,却以勤劳苦做积攒了一份不菲的家业,可谓一方殷实之家。到了她父亲即我的外公一辈,虽家道中落,但靠着尚存的家底,亦算生计无忧。我无缘见到外公和外婆,也无从知晓外公和他的先辈何以持家兴业,但从母亲和几个姨妈舅舅的言谈举止中,能够感觉到那个大家庭若隐若现的影子。有时会对比着巴金先生笔下高老太爷治下的高家,无端地猜想万县城里当时那个日渐衰败的冯姓地主家庭。

母亲兄妹六人,一男五女,她是家中的幺妹。她唯一的哥哥即我的舅舅最受宠,外公视若冯家未来支柱,倾全力供他读书,寄望他中兴家道。后来时代变迁,在重庆大学读书的舅舅秘密加入了中共地下组织,新中国成立后即到成都工作,再也没有回到万县。后来我在成都见到他时,他已经离休,平日里居家读书,有时去茶馆喝茶打麻将,悠闲自在。

母亲的四个姐姐,大姐二姐比她年长很多,她出生不久即相继嫁人,母亲对她们没有多少印象。对母亲影响最大的是我的三姨和四姨,她们一起长大,她晚年经常给我讲起她这两个姐姐。三姨春美,四姨春貌,母亲春人,名字连起即"美貌人",从中似可窥见三姐妹别有情愫。外公守旧,三姨读完小学,他不愿再花钱供她读书。三姨性格刚烈,在家中绝食,老头无奈只好送她上了至今仍名满川东的万县第一中学。毕业后她只身去了重庆,以优异成绩考取国立女子师范学院。后又说服外公送四姨去读万县中等师范学校,供我母亲读了中学。

那时的四川是抗战大后方。万县乃川东门户,沦陷区流亡的大批机关、学校、工商企业和富商巨贾,大多走水路沿长江溯流而上,经武汉和宜昌,再涉三峡险阻,由万县入川避患。如此庞大的人流,必致各种观念思想汇集。救亡图存的激情热血,更使蜀东大地群情奋然。正在求学问道的三姨四姨和母亲,置身那个大时代,那样一幅壮怀激烈的图景加于她们的影响,自不待言。由此想母亲后来的婚姻和人生遭际,或许能找到某种时代的逻辑和精神的因由。由今回溯,这恐怕也多是母亲那一代人于乱离动荡和时代巨变中无以逃避的宿命。

一九九〇年夏,我由重庆朝天门登船,沿长江东去万县。第一次行于水上,波平岸阔的一江碧水,不时响起的江轮汽笛,两岸缓缓滑过的城池和乡村,远山葱郁葳蕤的风景,似一幅水墨展开在眼前,在我心里荡起阵阵温软的乡情。那天晚上,当船靠近万县港,看到夜幕下闪烁的万家灯火,耳边传来和母亲一样的川东乡音,我立时泪眼迷离,幻觉中仿佛母亲就在那岸上,殷殷候着漂泊归来的游子。

回疆后向母亲谈起在万县的事,她听得专注而仔细,那种沉浸其中惟恐须臾走神的情态,让我感动,又不免感喟欷歔。我想,万县城里的街道和市肆,山城蜿蜒的街巷里荷担背篓的熙攘人流,长江上穿梭往来的商船行贾,一定都在母亲的记忆里,挥之不去,历久弥新。

四

一九四九年十一月三十日,重庆解放。十二月初,奉命接管的第一支解放军部队进驻万县,十六日,万县市人民政府成立。在那个改天换地的时刻,万县古城万人空巷,未曾有过的变革,在万山雄奇、江河壮丽的川东大地孕育着别样的理想和人生。在万县码头欢迎解放军入城的学生队伍里,在新政府成立欢庆胜利的集会游行中,母亲像一滴水汇入青春激越的狂欢浪潮。她尚不清楚自己对革命的憧憬,但对未来美好浪漫的想象和向往,让她忘情地投入新社会的怀抱。她庆幸自己赶上了一个新时代。

次年秋天,十七岁的母亲中学毕业。革命胜利,新政初立,不少机关和单位都在延揽有文化的青年。她去报名应试,被分配在万县商业局工作。母亲由此成为革命队伍的一员,开始了她那段短暂而难忘的从事公职的经历。

新中国江山定鼎,组织从老解放区抽调了大批干部,到刚刚解放的地区开展建政和土改工作。母亲参加工作数月后,来自山东的一批南下干部到了万县,被安排在万县地区各级领导岗位。我的父亲就在其中。也许天意所为,他来到母亲工作的万县商业局担任科长,与她邂逅并开始了他们命运的交集。

父亲这批从北方来的干部,多是在抗战和解放战争时期投身革命事业的,因而都有着"老革命"的光环。这让他们在众人面前表现得既自豪又骄傲。像母亲那样刚刚进入新社会的青年,对他们更有一种特别的尊敬甚或崇拜。母亲后来说,父亲当时二十多岁,虽没多少文化,但成熟干练。经过一年多的工作接触,父亲向她表露了婚娶的意愿。这让她有点始料未及,但革命热情鼓舞下的青春冲动,使她在面对一个"老革命"的求婚时，不禁对自己的未来生活遐想联翩，她爽快地答应了。

据三姨和四姨讲，家里知道母亲的恋情后，一致反对，说父亲文化低，年龄差距大，成长背景不同，了解也不多，又是一个北方人，生活习惯也不一样，加上家里的出身，还是找个本地人合适，劝她断了这桩婚恋。母亲不吭声，也不辩驳，却固执地坚持自己的主意。新社会提倡婚姻自由，家里也不好太多干预，只好作罢。一九五三年，她与父亲在万县结婚。那一年，母亲二十岁，父亲二十九岁。

时代的发展很快把母亲卷入了狂飙突进的潮流。一个出身地主家庭的女青年，在那个轰轰烈烈的革命年代，她的选择只能是用行动来证明她与自己家庭出身的决裂。她不顾孩子年幼的拖累，投入到大炼钢铁运动，在大山深处的奉节县，一干就是好几个月。一天晚上，从工地返回住处的山道上，她一脚踩空，跌落山谷，幸遇山间一丛灌木托住了身体，虽然保住了性命，但却摔折了锁骨和右臂，重伤住院。

母亲出院后在家中休养，不知外面的革命如火如荼。她时日较长的疗伤被视作消极抵抗"大跃进"运动。母亲据理争辩，却导致对她的批判升级，最后的处理是把母亲开除公职。父亲虽参加革命早几年，但对热情高涨的群众运动似乎也准备不足。面对母亲受到的冲击，他找到单位领导申辩，却因心有余悸，终未力争。几天后，父亲一纸辞职信退出公职，带着母亲和三个年幼的孩子回了山东老家。母亲亦从此跌入一生的厄境。

母亲随父亲离开万县，事前没有告诉家里任何人。等到四姨得知母亲被开除去看她，已是人去屋冷，谁也不知道她的妹妹一家去了哪里。四姨后来对我讲起，还埋怨母亲该来家里说一声，和大家商量一下。要是早知道，怎么也要把她拦下来。老人眼里满是泪水，对自己最疼爱的幺妹依旧痛惜不已。

那是一九五九年的深秋。一个清冷的早晨，街巷萧飒。父亲肩挎手提几件行包,母亲抱着两岁的二哥,大哥和姐姐拽着她的衣襟,匆匆走向万县码头。一江秋水,江风萧瑟,母亲回首凝望江岸上的古城,心里的无望和茫然无边无际。

五

父亲老家在山东乐陵一个唤作张铁锅的村庄,母亲在那里生活了一年。在黄河冲积而成的那片大平原上,父亲祖上几辈人都靠着土里刨食过活。父亲带着一家回到那里,在一间土坯垒就的屋子里安顿下来。在这个陌生的地界儿,母亲完全成了一个外乡人。贫窭的生活,不一样的风习,饮食的差异,语言交流的困难……从未有过的孤独,使她陷入对家乡的苦苦思念之中。

对未来生活的迷惘,加之思乡心切,母亲心里开始抵触这里的人和事,渐渐地与父亲家里人生了嫌隙。她很绝望,原想离了万县那个伤心之地,一家人能清静过日子,却不料又面对如此困境。她满腹怨愤,后悔自己当初的天真,落得个背井离乡的境地。

一个偶然的机会,父亲听说自己一个故旧在新疆,便打定主意远走西北。母亲后来说,离开万县时就没想着再回去,听闻父亲要去新疆,她并未反对,只要离开那个张铁锅,去哪里都行。我至今都在探究,当时二十多岁的母亲,是什么样的勇气使她敢于面对那样的迁徙和跋涉?是她精神上在时代变革中生成的叛逆倾向,还是血液里流淌的川人性格里的果敢和坚忍?我难以想象,在那万里之遥的畏途,母亲经历了怎样的艰难?我可能永远都不能理解,苦难能教人怎样的承受!

一九六〇年初冬,父亲母亲来到新疆沙湾乌兰乌苏,从此栖身于这个南望天山北临沙漠的村庄,终老一生。

六

不知什么时候,我发现母亲开始关注时事。电台早晚播出新闻时,她会放下手中的活守在收音机旁,听得格外专注和仔细。"文革"结束那年,我在读初中,她交代我放学回家把老师看过的报纸带回来。晚上忙完了,她就在灯下看报,常常会到很晚,有时手拿报纸坐在那里一动不动,像是在冥思苦想什么。今天忆起母亲那时情状,我明白,她人虽在边地,但却始终心怀期待。她从悄悄变化的时代微澜里,似乎已经隐隐察觉到自己命运的转机。

一九七八年底,离开家乡近二十年的母亲,决意要回一趟万县。那天清晨,我和大哥送她去十多里外的长途车站乘车。天色微茫,寒气肃杀,雪野沉寂。母亲裹着厚厚的棉衣坐在大哥自行车后,一路静默无语。晨曦初露,母亲在去往乌鲁木齐的汽车上,挥手与我们道别。这时,我听到远处的高音喇叭正在播送中美建交的公报。

母亲回来,已是次年春夏之交。几月分别,她显得年轻了好多,花白的头发染成了黑色,深刻在皱纹里的愁苦和忧郁不见了,洋溢在脸上的是不曾有过的快意,我分明感觉到她身上的一股劲和她心里涌起的希望。

接下来的时日,她在家里一间堆放杂物的屋子支起桌子,一点一点回忆在万县工作和被开除的经过,写出一份很长的申诉材料,请求组织纠正当年对她的错误处理。她让我誊写了好多份,分别寄给万县县委领导和县委落实政策办公室、商业局等单位。也就是在那段时间,母亲第一次详细给我讲起她的家庭和她读书及从事公职的经历。她终于打开自己尘封几十年的记忆。曾经的美好,落寞的遗憾,心灵深处的悲苦,藏在心底已经变得苍老的乡愁,伴着颊上的清泪,都在儿子面前宣泄而出。我陪着母亲,时而不平,时而委屈,在她的讲述里沿着她从前的脚印辨认人生的阴晴圆缺与甘苦爱恨。

是年仲夏,母亲再回万县。她寻找当年的同事给她证明,向单位和县里领导陈述自己的冤屈。在事实得到澄清,将要研究核查结论和落实政策决定之际,有领导问她是否要重新安排工作,她说不要了,她的家和孩子们都在新疆,她还要回去。几天后,万县县委作出决定,对她的问题彻底平反,按照相关政策给予退休干部政治和生活待遇。

那天午后,母亲拿到给她的那份红头文件,默默走过炎夏里穿行的人流,径直去了西山公园。她坐在公园东侧钟楼的石阶上,远眺浩渺的长江。江雾缥缈,江轮往还。二十载寒暑更替,那流过她青春时光的满江碧水在哪方海域荡起波浪?这眼前缓流东去的江水,又能如何诉说她流逝的岁月?此时此刻,此情此景,她百感交集,望江而泣,泪流满面。

七

母亲看似柔弱,内里却是要强的,不愿别人以同情甚至怜悯的眼光看她。要说她的不容易和不简单,是她在过去那个物质匮乏的年代,把我们兄弟姊妹养大成人,供我们读书,照拂我们成家立业。

我早前记忆里,家里的生活一直很拮据。人口多,劳力少,每到生产队年底分红,我家都是超支户。直到二十世纪八十年代农村搞了联产承包,母亲和父亲又有了退休金,家境才有了好转。她安守一个农村妇女的本分,以母性的朴实和辛劳,悉心操持全家的生计,维系一家人的融融亲情。

记得有几年生产队粮食歉收,口粮不够吃,母亲带着我和弟妹去收割后的麦田捡麦穗,秋收后又去大堆的玉米秸秆里翻找掰漏的玉米棒子。

入冬时节，她还带我们去兵团连队收获后的甜菜地里刨挖剩下的菜根，拿回家洗净后煮了吃。后来队里为增粮度荒引种黍子，麦收后复播，秋后收了分给社员贴补口粮。黍子去壳后的黄米，做干饭熬粥都挺好吃，但母亲却带壳拿去磨成粉，蒸了黄紫色的馒头吃。小时候还吃过黄豆面蒸的馍，一股腥味，硬得出奇。一年夏天，好像是七八月间，家里的粮食吃完了，母亲便挖了屋前菜园里还未长成的土豆，或蒸或煮，蘸着盐充饥，硬挨到了新粮下来。那样的光景里，想象不出母亲为了一大家人不挨饿有多犯愁。

虽说农村不比城里花费，但一个九口之家也有不少用项，穿衣吃饭，孩子读书，医病买药，都得花钱。家里超支，领不到队里的分红，平时的零用钱全靠母亲操持。房前几分地的菜园，她谋划着辟出好多个菜畦，带着我们兄弟几个种上韭菜、西葫芦、大蒜、辣椒、茄子、西红柿、刀豆、豇豆等。菜出畦后，她赶着毛驴车拉到公路边或到十里外的公社去卖。养鸡下的蛋舍不得吃，大都卖了钱贴补家用。每年春天，她都紧赶着买来一两个猪崽养起来，入冬后宰了卖钱。有段时间，农村"割资本主义尾巴"，"民兵小分队"在出村的路口设卡查堵，母亲就交代哥哥事先去约好买家，凌晨两三点起来把猪杀了，连夜给送出去。如今想起这些，心里还泛起阵阵酸楚，直叹息母亲那时的艰难与不易。

靠着母亲的撑持苦做，我们兄弟姊妹得到的是至今依旧暖心、一生都不能忘记的幸福。她为我们遮挡烈日下的暑热，给我们保存寒冬里的温暖。我们免受了饥饿，避过了风雨。我们健健康康长大，上学读书，知晓事理，终于长成了人的模样，在这个满是机会又密布陷阱的世界立足。

八

一九七七年秋我升学读高中。时逢国家恢复高校招生考试制度，我很受鼓舞,觉得未来有了新前程。母亲似乎比我还兴奋,说我赶上了好时光,嘱咐我好好读书,将来考大学给家里争气。

那时学校还没有统编教材,用的都是"文革"后期的老课本,知识体系不完整,课后练习题也很简单,农村学生又买不到新书,准备高考时最渴望的就是能有几本辅导书。一九七八年底母亲第一次回万县,一直惦记我的学习和考试,回来时从在重庆教书的三姨处给我带了好多复习资料,大多是西南师大专门为高考学生编写的辅导讲义和习题集。看到她从沉沉的背篓里拿出一大摞书,说是给我复习考试用,我像得了宝物似的高兴,心里充满对母亲的感激。

我的高考成绩离录取线差了几分,没上成大学,被录到了伊犁畜牧兽医学校。收到通知书后,我沮丧极了,对母亲说不上这个中专,明年一定考上大学。她安慰我,说大学十几年没招生考试,那么多人参加高考,你在公社中学读书,能考上一个中专已经很不容易了,这是喜事,家里都为你高兴。她鼓励我去读这个学校,说最重要的是你要跳出农门,只要走出这第一步,将来机会多的是。我听了母亲的话,揣着家里卖了一头猪为我筹集的学费,从此离家,独自在外打拼,去奔与我的父辈和兄长不一样的未来。

在伊犁读书时,家里来信都是母亲写给我。从未离开过家的我,因想家常常感到难捱的孤独和寂寞,母亲的信便成了我那时在学校心切的企盼。她来信多是说家里平安,一家人都很惦念我,让我别想家,告诉我家里和村上有了什么新变化,叮嘱我安心学习,有困难就写信给她。手捧她的来信,体味她的牵挂和舐犊之情,心里涌起厚厚浓浓的温热。那种感觉真是美,今天依旧萦绕于心。

一年暑假期满返校,在县城车站挤在售票窗口买票,不想身上七十块钱被偷得一分不剩。这在当时可是一大笔钱。回到学校,我不敢去信告诉母亲，怕她知道了难受，责怪我，便写信给大哥让他寄点钱来。二十多天后收到母亲来信和她寄来的八十块钱，我一时错愕。母亲在信中说，大哥家里也不宽裕，以后别再问他要钱，我就是再难也会想办法供你上完学，现在家里情况正在慢慢好起来，你只要专心把书读好。后来听大弟说，大哥收到我的信和大嫂商量，大嫂不答应，大哥就背着去买了件衬衣想寄给我，大嫂知道了一顿吵闹，还把那件衬衣给剪了。母亲得知后忍不住落泪，第二天即写信给我并寄钱过来。

母亲离世这些年，念起她对我的好，一事一情犹似昨日。她的殷殷啼血之情浸透了一个母亲对儿子至深至厚的爱。这份圣洁的恩德浸润着我的人生，令我时刻守望居于心底的梦想，不敢贪恋世间的浮华，未有失足盗名欺世的歧路。想起当年走出那个农家小院的情形，今天已经走得很远的我，始终能感觉到母亲投在我后背期许的目光。她看护和照料着我脚下的路，护佑了我至今的平安与运道。

九

母亲中年以后是以我为傲的。我有了工作，又进了国家机关，任何一点的进步，她都喜形于色，很享受似的。在我还没见过舅舅和几个姨妈时，他们都已经知道幺妹有个儿子很优秀。在万县见到四姨，她拉我坐在身边，说你不知道你妈妈谈起你有多自豪。我能感到自己的脸红，心里怪母亲虚荣，但转念一想，能给母亲长脸争气，也不枉她对我的一片苦心。

那年我从乡里调到县委机关，心想给母亲一个惊喜，便没在事前告诉她。接到调令后我先回了家。母亲在院里洗衣服，见我带了行李回来，面露不解和疑问，我一下笑了，对她说我调到县委工作了。见她有点不大相信，就拿出调令给她看。她赶忙撩起胸前的围裙擦擦手，接过那小纸片,立时一脸喜色,嘴里喃喃道,是真的、是真的。等她抬起头,眼眶里竟盈了泪。

随我迁居县城时,她跟村里的老伙伴告别,心里的骄傲和荣耀溢于言表。进城不久,她说要去我办公室看看。我陪她走进县委机关大楼,她看这看那,什么都觉得新奇。进了办公室,她坐在我办公桌前,摸摸桌面,拉拉抽屉,拿起电话放在耳边听听,又起身探头望向窗外。正午的阳光里,楼前高高的白杨树在微风中萧瑟,像低语,似雨声。我不知她是否有想起自己远去的时光,但我能感觉到她心里的喜悦和满足。

几年后,我又远调塔城到地委工作。千里之隔,不能经常陪她身边,只能书信往还,遥寄思念。父亲走后,她去塔城待了一些时日,心里记挂小弟,便又回了县城。她孤守空落落的屋子,整天开着电视以遣老来的寂寞,再也没有了一大家人在一起的其乐融融。有时回家看她,她高兴得起劲,忙着张罗起一桌好吃的,惬意地看着我吃,她却吃得很少。我感到,母亲明显地衰老了,连那脸上的欣喜都是那么无力。

我常想,一堆儿女靠着母亲的心血与辛劳长大,而我们能给她享用的东西却少而又少,那点从儿女成长得来的快慰与荣耀,转瞬间亦随她生命的终老离她而去。母亲丧礼上,亲朋好友说老人家走得体面,她可以安息了。我心里痛楚万分,只想母亲能由儿子身上再多些时日的风光,她却在经历了病痛带给她生命的浩劫之后,就此撒手远去,这所谓的哀荣她也已经看不到了。今天再想,就算她的灵魂能看到,又有什么意义呢?

十

母亲晚年罹患帕金森综合征,手脚震颤,肢体僵直,步态渐渐蹒跚,睡眠迅速减少,精神愈加不安,身心陷入极度痛苦的境地。长期服药,又致她神志不清,常常出现妄想和幻觉症状。后来病情加重,卧床不起。小弟说,母亲病重以后,时常在夜里惊惧而醒。一次我在家里陪她,还在说着话,她突然指着屋外,说你爸爸回来了,他站在门口,快让他回去。还有一次,我刚进屋,她对我说四姨来了,你们要好生照顾。我答应她,背过身去擦了眼泪。

那时,心里放不下她的病,每次回去都希望她身体有起色,却眼睁睁看着她变得瘦骨嶙峋,命若游丝。面对她在病痛中所受的煎熬,我茫然不知所措。心里痛彻,却无法替她分担,哪怕我能担几时让她有个喘息安睡一会儿。不能!所有的罪都得她自己受,我只能绝望地自责自己的无能与失败。她的病和治疗所累积起来的副作用,剥夺了她身体的尊严和附着其上的生命的意义,还使她失去了脑力的灵敏,对自己病痛的感知近乎麻木。我一直拒斥的死亡,在父亲离去十多年后,又一次露出狰狞可畏的面孔。我意识到,母亲此时的生存正在为死亡做着可怕而残酷的准备。

那天夜深,电话突然响起,我本能地生出不祥的预感。电话里,小弟语声哽咽:妈妈走了。我立即起身回家。近一千里的奔丧,五个小时的车程,与死亡的相遇令我行进在难以辨认生与死边界的空寂之地。"生变成了死,仿佛死一直拥有此生。"(保罗·奥斯特语)汽车前灯的两束灯光刺破前路铁幕似的黑夜,我能想象弥漫死亡气息的黑暗旷野上一点生之光亮疾驰滑过。这点光亮引我看清前方的路途,却把更绝望的黑暗抛向我身后无边的苍茫。我在车里漫无边际地回忆、追问、思索、想象,就像陈希米在丈夫史铁生逝后那"一切黑夜的面死之思",无以排遣的悲痛潮水般涌来。我任由泪水倾泻,心里是从未有过的无望:妈妈,儿子害怕与死亡面对面……

前不久读到美国作家戴维·里夫记录他母亲苏珊·桑塔格最后岁月的书,书名译作《死海搏击》。他在书中记录了他母亲第三次罹患癌症后接受治疗直至去世的痛苦经历，他写道："活下去，也许那就是她死亡的方式。垂死的日子过得像慢动作一样，活着就是一切。"他又写道，他母亲的"死最残酷之处在于，她生命中支撑她、鼓励她、告知她的东西恰恰令她的死变得更加难以忍受"。我便忆起母亲离世前那段痛苦的时日，她以瘦弱的肉身承受病魔的无情，以生的顽强与死亡厮杀，直到气力耗尽，灵魂飘逝，令生命悲彻而壮丽。我的母亲——一个农家妇女生命中支撑她、鼓励她、告知她的东西，无非是希望自己的儿女能平安幸福地过活，除此我未见她有别的什么欲望。难道一个母亲这样一点可怜的念想也要经历如此惨烈的"搏击"？！戴维说得对，别那么热爱生活，我们总是高估生活！

我若能够，我愿以自己的身躯承受生活加于母亲生命的重击。惟愿她平静安详，如佛门的涅槃，去往彼世安息。

十一

小时候村里有人死了，丧礼上肃穆的气氛令我惧怕，朦朦胧胧地意识到死亡的窒息和无助。我紧紧地依偎着母亲，她身体的温度和母性的气息让我觉得安全。这种片刻不敢松手的依赖又使我莫名地想，妈妈会死吗？于是，心底涌起更大的恐惧，我感到压顶的黑暗悄悄袭来。母亲逝去在我的成年，她教我明白了生命的承受与担当。如今我已活过知天命之年，冥冥中总能感觉到她的呵护与庇佑。

追忆母亲一生的命运与坎坷，我常为生命的苦难而悲伤，有时竟使我性格中与生俱来的脆弱漫溢而出。生命是如此的不可知，生活又是如此的变化无常，我真的能活出母亲那样的韧与忍吗？母亲担承起人生的种种不幸，直到病中深陷无助的挣扎，她始终不离不弃这多彩又多难的世界。是对未来的信仰，对活在此生的信念，对她所爱的人的守护，还是超越肉身痛苦的一种超自然的力量，支撑了她勇敢的生命和无畏的精神？假如生命的轨迹能够预见，命运又让我面对与母亲同样的命途，我能否摆脱对人生无价值的深深烦恼？这样的追问，令我为自己盲目而庸常地活着感到不安。我渴望以自己的记忆和想象，唤母亲死而复生，明白地给我以有关生命的启示。

　　母亲与我阴阳两隔，对她的追忆，让我仍在享用她生前以自己的牺牲给予我和兄弟姊妹的抚爱。这成了我能够不断迎接一个又一个新的明天的精神与情感的因由。朱伟先生回忆他的父亲和母亲说："在一个大家都开始鄙夷牺牲的年代，今天这样的父亲与这样的母亲大约真的不会再有了。"我深以为然。

　　母亲走后这些年，我在不时涌动于心底的哀痛里，更深地觉悟生命和生命的轮回，执著于向死而生的前路。"我们已经习惯了自己的悲痛，在悲痛变得越来越熟悉，越来越成为情感风景的一部分的时候，它即成为一种麻木。但是，没有终止，难求遗忘。人们哀悼失去的亲人，直到加入他们的行列。"（戴维·里夫语）我要替母亲活在这个世界，虔敬守护对她的思念，直到重新回到她的膝下。

　　母亲追随与她相伴走过近半个世纪的父亲，重新携手于那个永恒不朽的彼岸世界。如今，我的牵挂成了那冰冷的山脊上一座孤寂的墓茔。每逢年节之时，我就像以往回家团圆一样，来到那隆起的土丘边，面向那块镌刻着父亲和母亲名字的石碑，跪谢他们的恩德，为他们送去驱除寒冷和黑暗的火。我也时常在梦中去那黑褐色的山头，漫天的星光里，清冷的月光下，影影绰绰看到母亲和父亲的身影，有时清晰，有时模糊，如一缕烟尘在风中，渐渐地远去。

（2013年3月至4月于伊犁）

为褪色的时光涂一抹新绿

送别景祥后,我就想要为他写一篇文字。一年多过去了,却总是没有落笔。不是不能,而是因为他的离世,带给我的那种荒凉的心境,一直令我无从平复自己纷乱的思绪。我与他相识交好数十年,从无生离,如今却已死别。欲以一篇文字与他相通,竟使我感到从未有过的沉重。我与他之间,阻隔着一片无法穿越的黑暗,此世的光亮,再也不能照进他的世界。

时令已入立春,这是景祥走后的第二个春天。我开始读一本名为《活着有多久——关于死亡的科学和哲学》①

---

① 《活着有多久——关于死亡的科学和哲学》,〔加〕理查德·贝利沃、丹尼斯·金格拉斯著,白紫阳译,2015年1月生活·读书·新知三联书店出版。

的书,迫切地想从困厄沉郁的境地脱身。书的扉页上,"献给所有那些死去比活着时教给我们更多东西的人"的题记,让我纠缠于同自己身边的亡者一起经历的、于今分明已褪了颜色的时光。这时,我不由得想到了景祥,想起他从重病到去世的半年多里,度过的那些死亡一步步逼近的日子⋯⋯

一

得知景祥身体有恙,是二〇一八年开春,天气还比较冷,应该是在二月份,或者早一点,或者晚一点。那天下午,我接到他的电话,说来乌鲁木齐了,晚上一起见面吃个饭。通了电话后,很快收到了他发来的订餐信息。

记得是在铁路局附近的一家餐馆。路上堵车,我到得稍晚一些。一个空间逼仄但装修清雅的小包间里,有景祥和妻子吴丽琴,还有刘亮程、周军成、李颖超、骆娟,几人都是景祥的文友。

朋友相聚,总是要喝点酒的,但景祥却端了一杯白水。我知道他是善饮的,便问他这是几个意思。丽琴大姐这才说,景祥不久前出了些状况,好好的就突然晕倒在地,从来没有过,很吓人。景祥说当时感觉就是胸口闷,呼吸有点急促,眼前一黑就没了意识。问起看医生的情况,说在县医院、石河子医学院都检查了,没查出什么异常。丽琴大姐放心不下,前些天硬拉着景祥来了趟乌鲁木齐,到新疆医科大学第一附属医院又做了检查,这次来就是看结果的。

我印象里,景祥的身体一向是好的,性格也招人喜欢,待人热情爽快,还乐于助人,身边有不少交情甚笃的朋友。我从未想过,这样一个身体健康、乐观豁达、交友诚恳的人,会跟莫名其妙的重疾有什么瓜葛。但乍然听了他的情况,我不禁联想到生活中一些原本很健康的人,生命猝然临危的变故,有的也多有一些征兆,不免隐隐地起了些许担心。

在座的人里,除了两位"70后"的女士,景祥和妻子年龄最长,将满六十岁,我和亮程、军成小景祥几岁,但也是小六十的人了。这个年岁,自然在意身体多了些。大家你一言我一语,归结起来是说,以往身体好更要注意,对这种不明就里的状况尤其不能马虎,一定要弄清楚原因,心里有数才放心。看景祥的状态,倒还坦然,没什么担心焦虑的样子,自信身体不会有大问题。丽琴大姐还是多一些忧心,看着景祥,说已经不是年轻时候了,小心一点总归是好的。

文人在一块儿,自然少不了谈文学。而且文人大多对酒情有独钟,诗酒诗酒,谈文学哪能不喝酒呢。景祥平时喝起酒来是颇有豪兴的,终还是忍不住,急切地要端杯,说少喝一点没啥碍的,目光小心地投向妻子。大姐未置可否,但眼神里却露着一丝不快,显然是不允。大家便纷纷劝阻,他也就放了酒杯,似乎很不甘的样子。我说,抓紧把身体的问题搞清楚,确定可以放心了,再陪你好好喝。

过了几天,不见景祥那里的音讯,我打电话过去问,他说没查出什么问题。我问具体怎么说的,他说医生讲,这种突然晕厥的情况原因很多,从检查报告上看不出有问题,等再有症状了早点来医院。我问他身体最近是否有什么不适,他说没啥不舒服的。手机里说了些闲话,临挂电话了,我提醒他别大意,不然就去上海轩轩(景祥女儿)那里,找大医院的专家再看看。他似乎有些犹豫,说过段时间吧,让我别担心,不会有事的。听他这样说,我转念一想,是啊,他那个身体怎么可能呢,应该就是一个偶然的小状况,不会有大事。便也就此释然了。

只是怎么也想不到,陪景祥好好喝顿酒的约定终未能践诺,那天的聚会竟是我和他最后一次有酒相伴的时刻。而他,喝的却是白水。

二

到了六月间，月初的一天，景祥打来电话，说他在上海，好久没见过瑶瑶（笔者女儿）了，要我把女儿的手机号告诉他，这几天约她见个面。我顺便问他，是不是去上海检查身体的。他说已经联系了医院，准备住院检查。我说这样好，彻底查一下还是有必要的。当时我在北京出差，说了几句宽慰的话，便匆匆挂了手机。

六月十日中午，我收到他用微信发来的一张照片，是跟轩轩、瑶瑶一起照的。三人站在一片草坪前，身后近处是几丛修剪成球状的灌木，远处有几棵葱郁的大树。居中的景祥双手十指交叉，散淡地抚于小腹，脸颊微含笑意，神情平和安然，未见任何异样。我也就没再去打扰他了。

过了几天，我和女儿通电话，问起她和景祥伯伯见面的情形，有没有谈到住院的事。女儿有点诧异，说没有呀，景祥伯伯病了吗？我说没有，就是去检查一下身体。又问景祥伯伯精神状态怎么样，女儿说挺好的，一直都有说有笑，讲话还是那么风趣，吃完饭又去逛了静安公园，还拍了照片。

算时间，景祥应该是已经住进医院了，但却一直没有任何讯息。虽说心里总有牵挂，但又顾虑这毕竟是他的隐私，问多了会影响他的心情，搅了他在医院的清净。看照片里他的神态，听女儿说的情况，我也放心了许多，相信他一定会身无大患，安然如常。

八月初的一天，我在伊犁见到张彬，聊天中间他问我，知道张景祥的事吗？他这一问有点突然，我迟疑片刻，问他怎么认识张景祥？他说在沙湾见过几次。我问他景祥有什么事？他说病了，情况不太好。我很惊诧："你从哪里听来的消息？景祥六月初就去上海住院检查了，没听说查出什么病呀。"张彬说是在沙湾听一个朋友讲的,应该没有错。我还是不信,立即打电话向庞双成求证。双成与景祥是邻居,两家过从甚密,应该知道情况。双成告诉我,景祥刚从上海回来没几天,在复旦大学附属肿瘤医院做的检查,医院确诊是淋巴癌,看情况问题挺严重。我一时错愕,觉得有什么东西卡在了喉头,就像平时喝水急了被哽住了一样,一口气没出来,死死地憋在了胸口。稍稍平复了阻滞的喘息,我又茫然不知所措,胸中郁结起莫名的惶惑与不安。

景祥得了癌症,他的生命正面临巨大的威胁!这是生活倏然摆在我面前的一个现实。我很抗拒,但又无可奈何。我更揪心的是,景祥面对突然临身的如此困境,要如何负起那生命不能承受之重?

我努力地去摆脱身陷厄境的无助,想同景祥一道,在山重水复的迷茫中,再见柳暗花明的生机。怎么能没有希望呢?现代医学的发展,已经为人类生命开辟了前所未有的前景,我们幸运地生活在这样一个时代,完全有机会也有能力抵御包括癌症在内的各种疾病的威胁,即使在面临极大的不确定时,仍然可以期待生命绽放新的光彩。

作为景祥的朋友,我深知在这个时候,对他罹病的任何关切都可能成为一种暗示,使他陷入被同情甚至怜悯的另一重痛苦,这对一个重疾在身的人是不公平的。为保持与他之间的平静与祥和,我格外留意他的微信朋友圈,品读他发在圈里的文字和图片,以及研习书法的临帖墨迹和书法作品,从中领悟他彼时的心迹,以一种不同过往的方式,与这位老朋友达成心灵与情感的交集。

当我通过微信里景祥的情感流露,一点点领会他面对生命困境的心绪,我才逐渐对他有了新的发现。景祥罹患病痛之后,对自己"内在生命"(周国平关于生命品质的阐释)的意识变得异常清醒,他为认真而坦然地活在当下的每一天所做的一切,令我对一个有尊严的生命肃然起敬。对他的这些新发现,也使我渐渐意识到,自己的那些惶惑、焦虑、不安、抗拒、无奈、无助、迷茫、揪心,连同那些所谓的希望和期待,原来是那么的肤浅和苍白。

时下,对景祥的回忆又使我对自己当下的恐慌,以及对生命的悲观和对生活的倦怠,感到深深的羞愧与内疚。那时,我对景祥身陷生命困境的焦虑,按照面前这本书的分析,本质上是"潜意识里抗拒关于自己死亡的念头"。[②]而这,正是"毒害生命的实实在在的负担"。景祥的面对,是焕发出"内在生命"的激情,淡然地逼近那个窥伺着我们所有生灵的终极挑战,进而清醒地意识到生命的可贵,珍惜每一分每一秒,回味每一点每一滴。

三

景祥的微信头像是一帧自拍的龙吐珠开花的照片。他的家里有两盆盆栽的龙吐珠,一盆在客厅,一盆在书房。我原本不认识这花,在景祥家里听他介绍才了解的。龙吐珠开花时,顶生的白色花萼中吐出鲜红色的花冠,红白相嵌,形如游龙吐珠,异常美丽。龙吐珠的花语是"珍贵纯洁、内心热诚",也很契合其盛开时的纯美与热情。

景祥对这两盆龙吐珠的珍爱是特别的。在微信里,他时常在清晨发一张自拍的龙吐珠照片,跟圈里的朋友分享那些簇拥盛开的花朵。宛若薄纸般洁白爽目的花瓣,包围护持着鲜艳的红色花冠,在翠绿葱郁的枝叶间,喷出一团洋溢着勃勃生机的热烈,令人体会到别一番动人的生命景象。

[②]本文引文除注明出处外,均摘自《活着有多久——关于死亡的科学和哲学》。

二○一七年十二月十日到翌年一月二十日,景祥跟沙湾几个朋友相约,有过一次长达四十二天、行程八千公里的南行。启程前一天的早晨十点,他在微信里发了龙吐珠花开正艳的照片,并附言写道:"早上看到鲜花,心里总是美的。"他对明天即将成行的远足,心怀的一份欣喜的期待,溢于言表。

五月下旬,在去上海检查病情前的十多天里,他连续在微信圈里分享龙吐珠开花的照片。在透窗而入的明媚阳光里,有开在花枝顶端斜倚窗前的一簇,有满屏绿叶映衬下的一团,有花蕊从红色花冠盎然刺出的一朵,煞是惊艳喜人。每发一张,他都附言表露心迹:"书房窗户上的龙吐珠开了。""龙吐珠开,好事要来。""亲爱的龙吐珠,你每一次盛开,都让我陶醉,我知道,你也是在享受生活。""每个生命都应该这么顽强。"在景祥的镜头里,不,是在他的心里,生命如此欣然,生命如此灿烂,生命如此不羁!

五月二十四日清晨八点,景祥在群里发了一张芒果幼苗的照片。屋角的一个花盆里,独独的一枝幼株,顶了五片绿中透着黄紫色的嫩叶,矮小而柔弱,让我不由心生怜爱。我并没有认出这是什么。他附言写道:"吃了芒果,把核种在花盆里,居然长出了可爱的幼苗,好惊喜啊!"不经意遇到的一颗生命的种子,在他的怜惜与呵护下竟也得以萌发,我分明悟出他心中对生命的悲悯和期许,蕴蓄其间的生命平等的美好感情,令我顿生敬意。

有两幅景祥在乡间拍摄的秋景,我揣摩是他在蒲秧沟村南的千泉湖所拍。一幅,远处是黄叶满枝的柳树和秋意萧瑟的芦荡,近前是平静的水面上斜刺而出的一根芦苇,倔强地贯穿画面,孤独而飘零,他附言写道:"有时候,独处,也是风景。"一幅,是一湾碧水倒映空蒙的苍穹,水畔是秋色深浓的柳林和苇丛,尽是仲秋的水露苍茫,他感怀道:"秋天犹如人生的暮年,只要坦然面对季节的更替,一样可以绚丽斑斓。"

他还在一篇文字里,回忆年少时的一个午后,在村外的野地里捣毁了一只獾的洞穴,并为自己的"暴行"耿耿于怀。他满腹自责地写道:"我突然产生了深深的内疚。为了满足好奇心,我把一个好端端的獾巢毁坏了。毁坏一只獾的家,对我而言是轻而易举的事,但獾要建造一个家,要费多大的气力啊!"

我意识到,那些火热绽放的龙吐珠花朵,那株不期然萌发长出的芒果嫩苗,那深秋里不言放弃的生命样貌,以及对少不更事时摧毁獾巢的愧悔,都清晰地折射出景祥对生命的珍爱与敬畏。这些大自然多彩的生命呈现,深深融入他的内心世界,标示了他面对生命苦难的精神向度。

四

景祥是一个作家,他说读书和写作是他"一生的事情"。即使是在上海住院的时候,他也没有懈怠阅读和写作。七月二日,他在微信里发了《在蒲秧沟读书的那些日子》,这是他正在创作的散文集《蒲秧沟》系列中的一篇。他在文中写道:"读书写书,有一种难以言说的愉悦。生命不息,读书不止,写书不止,快乐不止。"他与疾病平和相处,并把它当作一位师友,在它的提醒督促下坚守自己的文学理想,感悟生命,思索人生,笔耕不辍。

景祥和我是沙湾同乡。他家住蒲秧沟,我家在乌兰乌苏,一北一南,中间是一片广袤的湿地,芦荡连绵,水波潋滟,如今有一个诗意的名字"千泉湖",是沙湾一处怡人的旅游胜地。也因这一片湿地的阻隔,我们的年少时光未有交集。一九八三年盛夏,我与他相识于乡间。那时,他二十五岁,是县广播站的播音员兼记者;我二十二岁,是柳毛湾乡政府(当时还是人民公社体制)的生产干事。三年后,我调县委工作,还跟他做了邻居,交往愈加频密,情义日渐深笃。

二十世纪八十年代是我们这代人的文学年代,文学陪伴并滋润了我和景祥岁月的芳华,也成就了我与他三十五年的友情。那个时候,我们用文学浸染激情、燃烧青春,读文学,梦文学,痴迷诗歌,激扬文字,成了我们共同的最爱。亮程、景祥、字发、文基和我等一干文青,加上冤案平反后恢复工作的兄长卢振邦,常常星夜聚首,为文学痴狂,畅怀痛饮,不醉不归。后来,由景祥和振邦领头,我们又自写自编自印了一份油印文学小刊《春晖》。那个年代,那股不舍昼夜、不罢不休的劲头,至今忆起,依然感喟不已。

跟景祥比,他对文学的执著更甚于我,成就也更大。他在二十世纪八十年代开始发表作品,多篇散文在《青年文学》《天涯》《西部》等文学期刊刊发,出版了长篇小说《鬼城》《狗村》和散文集《一代匠人》《家住沙湾》,《南方周末》整版推介,多家电视台专访,在新疆乡土文学领域颇有建树。他长期兼职沙湾县作协主席、塔城地区作协副主席,还是新疆作协理事、中国作协会员。

从景祥微信透露出的信息,他在身罹疾病的那些日子,写作和研习书法的那股劲,勤奋自不待言,我感到的是一种拼。单看写作,每天都有成稿的文字出来,丝毫没有重病加身的脆弱与消极,全然一副进击和冲锋的姿态。他去世后,丽琴大姐收集归拢的文稿竟有四十五万字之多。今天想来,他是把写作内化为自己的精神冀求,不求发表出版或博取名利,只为增进对生命与人生的理解,砥砺自己"日夜不息地巡航于生死之间那一条细细的分界线之上"。

他写故乡蒲秧沟的四季,写那里的植物、动物、人物和农事、政治、娱乐,展开的一部生命鲜活、细节丰满、缭绕着暖人的农家烟火气,充盈了浓浓乡愁的乡村史。

他写家乡沙湾的美景、风情、美食,写那里男人任事的果敢、女人性情的火辣,品咂其间的人生百味,赋予那片养育他成长的土地动人的灵气,诱人的韵致。

他写那次四十多天幸福而愉快的南行。气象万千的山川,纵横交错的河湖,烟波浩渺的大海,熙攘喧嚣的人间,寄托了他对生活的眷恋;所见,所闻,所思,所感,浸透了他对生命的领悟与享受。

在《南行记》里那篇《大理的夜》,他写了这样一段文字:"我想到的,别人会不会想到?那个站在黑暗处的人,是不是在想着我想的事情?复杂的人在复杂中痛苦,单纯的人在单纯里快乐。"那篇《那柯里》,他在文末写道:"那柯里,我不想走,我想变成一块石头,用一生的时间守候你。"微信里发《大理的夜》,他在标题前附言:"那一年,那些事,现如今,曾经是,谁没有一点波澜,我不会是永远的痛苦。心中的秘密永远是温馨的记忆。"

六月十八日,端午节,他在上海,正午的微信里,他发了《母亲心中的粽子》,并附言说:"今天是端午节,我想起了母亲做的粽子。"

那段时间,他回忆大哥:"我的大哥,从我记事到现在,几十年了,一生忙碌为弟妹,当屠夫,当铁匠,当木匠,当厨师,当医生,这一切都是为了他的七个弟妹能在贫寒的家庭中有顿饭吃,有件衣穿,能把学上完。大哥把我们拉扯大了,大哥自己却老了。"

他还忆起二哥"文革"蒙难后回到村里,弄回了一支箫。"二哥经常一个人坐在草垛上吹箫,有时候一坐就是一个下午。二哥还时常在晚上吹箫,吹得很晚很晚。夜深人静的时候,那箫声如泣如诉,悲凉低婉,哀怨苦涩,透过深深的夜色,传遍整个村庄。……二哥那颗受伤的心,一直没有健康起来。"

他的记忆里,蒲秧沟的早年时光,人生中奔波劳顿的遇见,母亲的慈爱护佑,兄长们经历的苦难岁月,点点滴滴,都在他的文字里留下了印记。

五月二十一日,他在微信里留言:"冬天,我喜欢踏着白白的雪,到野地里转悠,让一颗闲散的心,漫无边际地想一些无用的事情。"

今天我想,他脑子里冥想的那些无用的事情,不正是惯常的生活中,被人们视为无意义的、不经意地弃于生命价值之外的东西吗?而彼时的景祥,却把这些无用深深融入了他的内在精神。生命的价值于他,已经无关欲望、名利和得失,它只是一个方向,一个让人生充盈了生命本真的追求——"慷慨地投入所有的感情去热爱生命"。

五

研习书法之于景祥,早已是他日常生活中修炼心性的功课。他是做了官的,镇党委书记,县广播电视局局长,县政府办公室主任,县司法局局长,虽说官不大,但宦海仕途也会让他纠结和无奈。于今揣测,以他一个读书人的心智与情感,书法或许是他摆脱尘世烦忧、激发内心喜悦的精神期许。

中国书法艺术的美,在于书法家充分利用笔墨宣纸的特点,通过枯湿浓淡、轻重快慢的变化,追求点画笔力的筋骨血肉,表现自然万物的生命意态。可以想象,在那些放下俗务纠缠的夜晚,景祥专注于一纸素宣,在缕缕墨香中屏息小憩,咀嚼结字用笔之精微的时刻,除了舒缓的呼吸和怡然的性灵,生命已别无所指。

在上海医治和回到沙湾家中的日子里,他的微信每天都有自己的临帖墨迹和书法作品,多的时候有近十条,少的也有四五条。通常是早晨六七点到上午十点多临帖,晚上创作书法,凌晨一两点才搁笔,从未间断。临帖主要是颜真卿《自书告身帖》和《祭侄文稿》,书法创作则是楷行草三种书体皆有。书写内容有唐诗宋词，个别时候会写纳兰性德的词，也有不少他自己散文中的摘句。

景祥临帖，给我感觉对颜体别有心仪与钟爱。颜体以楷法盖世，行书《祭侄文稿》世称"天下第二"，开创了有唐一代雄强刚健、大气磅礴的新书风。颜真卿为人诚笃，立身刚正，不畏权贵，一生屡遭奸佞排斥迫害而坚贞不屈，七十六岁时为叛军所杀。忠贞义烈、朴质刚强的品格，正是颜真卿书法艺术的精神基础。我想，景祥长期临习颜体，必也丰富厚植了他诚实勇毅、坚韧刚健的精神内蕴。他创作的书法作品，楷书颇得颜体方正饱满、端庄严整的教益，行书兼具取法师颜与行笔节制的特点，草书则任情倾泻、笔意酣畅，使我油然而生享受艺术的审美愉悦。

品读景祥的书法，使我深受触动的是他书写的内容，那些关于生命体验的文字。下面是我从微信里截图记录的他通过书法艺术呈现的文字：

六月二日，楷书：一个人的时候好好爱自己，两个人的时候好好爱彼此。

六月十四日，行书：人这一辈子，会在许多时候面临艰难的选择，这就是生活的残酷。

六月二十一日，楷书：雨雨大大下，精沟娃儿不害怕，蒸下的馍馍车轱辘大，放到柜子里盛不下，撂到房上把房砸塌，你说这个馍馍大不大。微信附言：怀念小时候的生活。

六月二十七日，楷书工整书写乔斯坦·贾德《苏菲的世界》的摘句："生命本来就是悲伤而严肃的。我们来到这美好的世界里，彼此相逢，彼此问候，并结伴同游一段短暂的时间。然后我们就失去了对方，并且莫名其妙地就消失了，就像我们莫名其妙地来到这个世界上一般。"微信附言："好的文学作品，不是每一段话都感动人，而是当作者描写的情景和你的境遇相同的时候,你就会被深深地打动。"

七月二日,行书:在没有风雨的年岁里,一粒普通的种子埋在那块地里,一生的命运也就定了。

七月二日,楷行草三种书体各一幅:天下雨了,路边被人畜踩倒的小草,摇了摇头挺直身子,重新开始生长。经历了风雨,生命更有意义。

七月二十八日,楷书一联:一片光明心比月,十分欣喜我知鱼。

七月二十九日,草书唐李嘉祐诗《题道虔上人竹房》:"诗思禅心共竹闲,任他流水向人间。手持如意高窗里,斜日沿江千万山。"微信附言:这幅字我喜欢。

当日下午,景祥动身由沪返疆,晚上回到沙湾家中。

在病痛加身的困难境遇里,景祥以书法艺术为桥,通达对生命与人生领悟的新境界。他确信可以满怀希望地去拓展生命,用艺术和思考填充人生的每一时刻。他也意识到,所有这一切,只需要自己把每一个当下视作永恒,"好好地利用在地球上的短短一生,欢度生命中难得的每一天,庆祝能有机会参与到这场难以想象的生命历程中来"。为此,他乐此不疲!

六

八月二十三日一早,我联系了双成,打算和张弘一起去沙湾景祥家里探望,请他先传个话过去。过了不多时,双成回电话说,景祥在家里,丽琴大姐和女儿轩轩也在。

从乌鲁木齐出发,十二点的样子,到了景祥家住的小区。双成在小区门口等我,下车跟他简单了解了景祥的状况,问有没有什么需要注意的。双成说,景祥精神状态挺好,平时不见什么人,知道你来,他和家人都很高兴。同双成一起进了小区，径直去往景祥家。

大姐开的门，景祥和女儿在她身后，握手寒暄，一同进到屋里。我挨着景祥坐在客厅北侧的沙发上，大姐倒了茶水，陪着张弘背窗坐在对面，双成坐在我右侧。轩轩招呼了我们，回到餐桌上打开的笔记本电脑前干自己的事。

那天是处暑，正是"秋老虎"的暑热时节，阳光透窗而入，窗台上的绿植郁郁葱葱。那盆龙吐珠摆在客厅一角，枝叶茂盛，绿意葱茏。环顾屋内，安谧宁和，整洁如常，丝毫没有重症病人居家的散乱与疲惫。

景祥身着白色圆领汗衫和深蓝色运动长裤，身形依然敦实，体态轻快爽利，面色红润健康，仍是颇有几分佛样的一脸喜色，除了说话声音喑哑（他是受过播音专业训练的，以往说话声音质地浑厚，气息沉稳，吐字清晰），看不出明显的异样。

我小心地问起他的病情，景祥转过头，右手指着颈项左侧腮颊与胛骨之间隆起的肿物，嘶声对我说："就是这个东西，压迫了咽喉，呼吸不顺畅，觉得憋得慌，别的没什么不舒服。"我顺着他的指尖摸了摸，感觉到一个鸡蛋大小的软滑物。

我转向大姐："吃饭有影响吗？"大姐说："没影响，饭量跟平常比也没什么变化。"景祥碰一下我的左臂，朝我摆了摆手："一顿照样干掉一盘拉条子。"脸上露出悦然的浅笑。大家也笑了，刚进屋时的矜持悄然松缓了大半。

我问："手术不能解决吗？"

景祥看向大姐，大姐说："手术可以做，但因为那个位置不好，有比较大的风险，最大的风险是可能损伤脑部神经，造成失智和瘫痪。我们跟医生商量了多次，也找人问过其他专家的意见，都是这样的说法，要我们自己拿主意。我和轩轩就让景祥定。他不同意，坚持不做手术。"

景祥说："瘫在床上，成了一个没有意识的废人，那样活着有什么意思？还拖累她们两个。"

顿了片刻，我还是不甘，对他说："总还是有另一种可能，应该争取那个大家期望的好的结果。"

景祥说："不想冒那个险。活一天，就要有质量、有尊严地活着。再说，活多长才算是活？我觉得，那个决定是对的。下那样的决心，我也挺佩服自己的。"

我立时想到他六月十四日的那幅墨迹："人这一辈子，会在许多时候面临艰难的选择，这就是生活的残酷。"这时，我才完全明白他那时的心迹。一阵凄凉和悲伤隐隐袭来。

我又面向大姐，问："现在还有什么办法，可以缓解他的症状，让他身体舒服一些？"

大姐说："开了些中药，慢慢在调理。前几天，别人介绍，去乌鲁木齐找一个维医看了，还开了药，已经吃了两次了。"

我心有急切，问景祥："有没有什么感觉？"

他说："觉得呼吸平缓了些，有点作用。"

我稍觉一丝轻松。双成对我说："景祥心态很好，每天都在读书、写作、写书法，感觉比平时还忙。大姐和轩轩照护也精心。有时候，还去县城边的林子里走一走。"

景祥接过双成的话，对我说："活到这个年岁了，也是读了一些书的人，生死的事情看了不少，也经历了一些，能想明白。现在我这样，没给亲人拖累，没找朋友麻烦，不觉得有什么遗憾，一天一天好好地活着，每一天都是新的开始。"

我一点一点回忆五百四十多天前的那个正午，一帧一帧复原那天在景祥家里的场景，一字一字从记忆里捡拾景祥说过的话。生死之间，他对生命的尊敬、坦然、诚恳、通透,于我,仿佛听见生命本身的声音,使我此时此刻为疫灾搅得忧惧不安的心,感到一缕缕直抵肺腑的安慰。

"更好地理解死亡,的确有助于我们更好地了解生命,更有助于我们充分地珍惜这永恒中脆弱而短暂的一瞬;在这一瞬之间,我们拥有无限的权力,去活着。"信然。

"我想要在死亡到来的时候,站在田野里,身披阳光/好过躺在褶皱的被单上,躺在百叶窗的阴影里,蜜蜂也不光顾。"欣然。

七

景祥生命定格在二〇一八年八月二十八日清晨七时。那一刻是戛然而决绝的,令我感到窒息。

那天九点刚过,我正准备出门上班,丽琴大姐打来了电话。看一眼来电显示,心里不觉一怔。接了电话,就听到大姐沉缓的话音:"景祥不在了……我们刚从医院出来,往沙湾回了……"听得出她心里强忍的悲痛。景祥走了?我有点蒙,刚去看过的,好好的呀,这才过了五天,怎么会?"什么时候?怎么就……"大姐说:"昨天下午突然就不好了,赶紧送到医院来了,今天早晨七点走的。"我后来说了什么,已经想不起来了,只记得对大姐说了我明天回去的话……

景祥走了,他去了天国。好兄弟啊,那天不是说好了,要好好地活着吗?你怎么这么快就放弃了?我极度地抵触,几于无视而拒绝。他刚满六十岁,才办了退休,以他善良、风趣、快活、逍遥的天性,正要由心随性地享受生命了,却突然罹病,又倏忽间撒手人寰。那个我至真至诚的朋友,情深意笃的兄弟,永远地离去了,我的世界瞬时荒凉了。

我只觉茫然无措,又重新坐回桌前,脑海里却尽是那个鲜活的景祥。

他敦实的身形，浑厚的嗓音，放浪不羁的大笑，畅怀痛饮的豪兴，任事坚忍，诚意善良……清晰如在眼前。

又打开手机，翻看景祥的微信。昨天上午，他还在微信朋友圈发了五幅墨迹。三幅临帖显见是背临，两幅作品则结体规范，力道沉静，笔意怡悦流畅，章法疏密错综，未有丝毫力竭意乱的痕迹。八时四分，早课发的是完整临写的《自书告身帖》，十时三十七分是临《祭侄稿》的两个片段。八时三十九分和十一时七分，分别发了楷行两种书体的作品，均为纳兰词《菩萨蛮·窗前桃蕊娇如倦》：窗前桃蕊娇如倦，东风泪洗胭脂面。人在小红楼，离情唱《石州》。夜来双燕宿，灯背屏腰绿。香尽雨阑珊，薄衾寒不寒。

死亡是怎么突然到来的？又是如何不怀任何怜惜，让对生命抱有满腔善意与诚恳的景祥，倏然倒下的？生命无常，人生猝然，但何以如此决绝而不容置疑？我不禁心中悲彻，潸然泪下。

死亡沉重，令我不堪其负。时间仿佛停在了那一刻，活在人世的景祥与去往天国的景祥，纠缠于心头，挥之不去。"展望人生，只见死亡。"在生命的终极挑战面前，我再也无法对死亡无动于衷。"只有一艘船在寻找我们，一艘挂着黑帆的从未见过的船/她的身后拖着一道巨大的寂静。她的尾迹里/水无涌流，浪花不兴。"（菲利普·拉金诗句）

八

八月二十九日，正午时分，我和亮程一同回到沙湾。县城西南的翠山公墓殡仪馆，聚集了景祥家中亲眷和各路朋友数百人，大家满怀哀伤和痛惜，前来吊唁，为他送行。

进到悼念厅，景祥的彩色遗像悬于大厅南向墙壁的正中，上方黑色横幅上书写着悼念景祥的黑体白色大字，两侧摆满了亲友敬献的花圈。他的遗体安放在透明的殡葬冰棺里，脚前摆放着妻子和女儿哀悼的花篮。前面祭台上摆了食物水果等简单的祭品，香炉里静静燃着的香，徐徐飘起细丝状的青烟。

双成引我们到景祥遗像前，向他的遗体三鞠躬。与丽琴大姐握手表达了慰问。又出东侧小门到室外的灵棚，给景祥烧了纸。看见盛放纸灰的瓦盆前跪着的轩轩，喊她起身到近前，安慰了她，嘱咐她照顾好妈妈。

按沙湾风俗周全了礼数，双成拉我到旁边僻静处，递给我三页打印好的稿纸，说："这是景祥的生平材料，是他单位安排人写的，大姐说一定要让你看一看。"

此时已是午后，阳光虽依然暖身，但山上吹着的轻风，却已透着暑日近晚的微凉。我坐在殡仪馆外墙角的一把木椅上，晒着秋日的暖阳，在脑子里整理景祥的履历，修改那份打印稿的错漏之处和达意不准确的词句，再一次确认了他的离去，心中不禁怆然，分明感到别一种滋味的苦涩——这或许是我能为景祥做的最后一件事了……

这天晚上，我和观建、亮程、双成、新晟、建学、剑平等一众老友相守在景祥身旁。追忆和缅怀过往的岁月里，他与我们一起度过的时光，念及他给予我们的帮助，忆起他带给我们的快乐，还有早年与他相伴经历的那些荒唐与不羁，感喟不已，泪盈满眶。

子夜时分，我们立于景祥遗像前，焚香祭悼，洒酒祈福。肃穆宁静的悼念厅里，并未像往常那样播放哀乐，大厅里缭绕的，是景祥作词、旋律轻松欢快、县里人都喜欢的那首《沙湾是我们永远的家》的歌声：

　　那时候我们，还都是娃娃

　　不知道天有多高地有多大

天山的白雪为什么老是不化

北沙漠的黄风经常让我们摸瞎

今天的我们都已经长大

知道了天有多高,地有多大

告别了一中的老榆树疙瘩

带着爸爸妈妈的牵挂去闯天下

沙湾是我们永远的家

一条线儿牵着我们走天涯

三道河子、四道河子还有五道河子

多少道河子在我的心里放不下

沙湾是我们永远的家

一条线儿牵着我们走天涯

金沟河的水呀,滋润着故乡的家

秋天的大雁要飞向南方啦

沙湾是我们永远的家

九

今天,追怀景祥去世前的那段日子,尤令我伤怀的,是他在自己生命最艰难的时日,深深掩藏在心底而从不示人的、坠向人生无边黑暗的痛彻。即使是在最后关头到来的那一时刻,他也把展示给大家最后痛苦的时间缩到那么短——从进医院到彻底撒手这个让他眷恋的世界，只有十一个小时！

送别景祥后，我在闲暇时，还会翻看他发在微信里的文字和书法。有一天夜里，我忽然注意到，他离世前近一个月，书法一直在写纳兰词。我找来有关纳兰性德生平和词作的书。纳兰性德饱读诗书，文武兼修，二十二岁即中进士，以词名世，王国维称其"北宋以来，一人而已"。纳兰性德词风清丽哀婉，是清康熙年间的诗文奇才，但其淡泊名利，虽"身在高门广厦，常有山泽鱼鸟之思"。三十岁时，他于暮春时节抱病，同好友相聚，而后一病不起，溘然而逝。

我心里猜度，景祥艰难之际，如此钟爱纳兰性德，仰慕其才学超世、人格高洁自不必言，但或许更可能是伤怀其英年早逝，陷己身于纳兰词孤苦凄清的意境而不能自已。我顿时悟到，他面对苦境的那些时日，星夜里相伴"青灯长卷"，感慨纳兰性德"人生若只如初见"的哀怨和心灵深处那不能言说的孤独与凄苦。他把煎熬心神的痛楚深深埋在心底，而示人以生命的丰盈和绚丽。"也许是见过太多被疾病蹂躏到苟延残喘之人，这样掩盖着苦痛的过程才更令人悲伤，令人肃然起敬。"（朱伟《有关品质》）

我怀念景祥的这一重新的领悟，使我有了一个新的确信：景祥依然活着！他以"死：生命的另一种形式"，活在我的世界里。我要像陈希米追怀亡夫史铁生那样，让这"死"活下去，填补景祥去往天国后留给我此世的虚空，让我已经日渐褪色的时光，重新涂满苍翠浓郁的新绿。"死"的景祥，仍然是我的朋友和兄弟，他将教我"学会死亡这件高贵的事情"。

我也想对丽琴大姐说，让景祥的"死"活下去。"死亡不是最神秘的事物，活着才是。"大姐，惟愿你好好保重，永远露着景祥生于此世时暖心的笑容。这是对天国里以"死"活着的景祥，最好的安慰与祝福。

（2020年2月24日于乌鲁木齐）

端午忆旧

新疆人过端午节，不似内地尤其是南方人那样，赛龙舟、包粽子、挂蒲艾、佩香包、抹雄黄酒，诸多习俗一应铺排；除疫避厄、祛邪除祟，再附会纪念屈原的情感，多重文化意蕴氤氲润泽，人们于其间冀望生计安稳、世间康泰。新疆人的端午，大多只有吃粽子这一个要务，一枚糯香甘甜的粽子入口，心里陶醉这人间的美味，亦有人不期然会念及万里之遥的汨罗江上那个不朽的诗魂。

我还能清晰地忆起早年里，母亲在家里张罗过端午节的情景。那时在新疆农村，生活清苦，物资匮乏，糯米红枣白糖都是稀罕物，吃粽子过端午几近奢侈。记得是我十岁出头的时候（父亲母亲远来新疆十年余），奶奶去世，父亲回乐陵老家奔丧，返疆时带回一小袋家乡名产

"金丝小枣"，母亲视若珍宝，只抓两把给我们兄弟姐妹尝个鲜，其余都藏了起来。

时入仲夏，母亲揣了购货证去大队供销社门市部，买回来一小盆糯米和一包白砂糖，一脸难见的欣喜。她把我和弟妹叫到一起，说今年能给你们过端午节了。我懵懵懂懂，问母亲什么是端午节，母亲笑了，说你们可以吃到粽子了。粽子是啥东西？母亲指着盆里的糯米，就是把糯米和红枣用苇叶包上，放锅里蒸熟了，蘸上砂糖吃，甜甜的，香香的，很好吃。虽然并未搞懂粽子到底是个什么模样，但母亲话语间的描述，还是引得我咽起口水，心里也充盈了对端午节的期待。

过了些天，母亲给我和大弟说，要过端午节了，去摘些苇叶回来包粽子，还比划着交代我们，叶子要长要宽，不要细窄的。跟村里的小伙伴常去几里外的林业队玩，知道那里有一处泉水聚成的海子(现已干涸被平整为耕地)，周围长着茂密的芦苇。我们一路小跑到海子边，围着苇荡找到一浅水处，我小心地下到水边，摘了苇叶递给弟弟，一片一片摆放整齐。忙活了一上午，苇叶摘了一堆，扎成两捆，一人一捆背回家。母亲看了，夸我们干得好。

母亲把苇叶清洗干净，放进锅里煮，绿叶煮得泛了黄色，捞起泡在清水里。又淘洗糯米，放盆里浸泡。再拿出藏着的"金丝小枣"洗净。忙完这些，母亲长吁了一口气，说接下来可以包粽子了。她拿了一片苇叶，对折起来，用小匙盛了糯米放在苇叶上，再放几颗小枣，开始包裹苇叶，却怎么也包不起来，苇叶上的糯米粒和红枣大都散落在案板上。再来，又再来，换着手法反复好多次，还是包不成，母亲脸上渐渐露出难色，我们渴望的粽子也总不见踪影。

母亲看一眼身边眼巴巴的几个孩子，面对案板上的糯米、红枣、苇叶犯了愁。呆立了一会儿，她返身回里屋去了。许久不见她出来，我和弟妹推开了门,看见母亲躺在炕上,眼睛盯着屋顶一动不动。听到开门声,母亲转眼看到我们,凝视片刻,随即起身下炕,回到灶房。她给锅里添上水,把竹编蒸笼放到锅上,在笼屉底铺上苇叶,苇叶上摊开糯米,均匀地撒上小枣,再在上面铺一层苇叶,盖上笼盖,烧旺灶膛里的火。水开了,蒸笼上汽了,不多时,灶房里弥漫开淡淡的香气,渐渐浓郁的异香里漾起些许的甜,那是一种过往里不曾遇见的味道,丝丝缕缕都是那样不同寻常,沁人心脾。

端午节的"粽子"蒸熟了,一家人围在一起,每人盛一碗,撒上白糖。米的糯香,枣的甜香,苇的清香,交织着白糖的甜腻,给困窘年代里的灰暗时光,涂了一抹温暖的亮色。母亲看着自己的孩子们过端午吃"粽子"美滋滋的样子,脸上洋溢着喜色,眼里却已盈满了泪水。

幸运的是,我辈赶上了改革开放的好时代。四十多年大发展,百姓生活大变样,市场物资充裕,粽子已经产业化了,甜粽咸粽,素粽肉粽,北方粽江浙粽广东粽,品类花样繁多,在新疆过端午吃粽子早已是再平常不过的事了。但每到端午,我仍然会想起往昔的这一幕。

母亲后来说过,在万县老家只见过家里包粽子,虽说有些记忆,但并未亲手包过,她实际是不会包粽子的。这更让我对昔日第一次过端午节吃"粽子"的经历刻骨铭心。联想母亲二十多岁的青春年华,被大时代狂飙突进的车轮碾得稀碎,以致背井离乡,从重庆到山东,经内蒙古一路西行,辗转跋涉至新疆,终于在沙湾觅得一处安身之所,正应了清人龚自珍《洞仙歌》里的一句:"奈西风信早,北地寒多,埋没了,弹指芳华如电。"

白云苍狗,世事无常,人要应对这世间的种种不测,实在不易。中国传统的节庆习俗和时令风俗,在生活的庸常平实中传承累积,一代一代绵延不辍,成了人们因应时艰的传家智慧。人生艰辛,难也好,苦也罢,那些流淌在血液里的生活智慧,总能带给人们一些甜,以抚慰因现实不堪而致的悲苦与伤痛。

时入"午月"，又临端午。惟愿天上的父亲母亲安然，祈愿这世间岁月静好。

（2022年5月于沙湾）

第三辑

遇见

坚守

　　这些年，因为工作的原因，我几经辗转，先是离开柳毛湾，后又从沙湾来到塔城，朱成俊的情况我听到的很少。二〇一〇年元旦，我意外收到了朱成俊的来信。二十多年了，突然收到他的信，当年采访他，与他一起满怀青春的激越，憧憬未来的那些场景，从心底的记忆里顷刻之间一下复活了。我急切地打通了他在信里留给我的电话……

　　一九九二年六月二十九日，朱成俊光荣加入了中国共产党。他说，这是他梦寐以求的向往，是他终生都不会忘记的日子。入党宣誓那天，他坐在轮椅上举起右手，心中波澜起伏。一个双腿永远不能站立的人，能够加入这个光荣而伟大的组织，他觉得自己的精神平添了一股巨大的力量，充满了从未有过的崇高和神圣。在那个庄严的时刻,他在心里默默问自己:你是一个双腿残疾的人,在今后的生活和工作中,你能为党做些什么,为群众做些什么? 回想自己这些年的成长经历,一个从小残疾、生活在农村的青年,加入团组织,担任团干部,今天又入了党,每一点小小的进步都离不开党组织的关心、教育和帮助。这些影响他一生的关怀和培养,一点一滴都凝聚着党组织殷切的期望。面对这超越亲情的大爱,自己唯有残而不废、坚守理想、自强不息,才能无愧于共产党员这个光荣的称号。

这年十月,朱成俊在沙湾县委领导同志的关怀下,从沙漠边缘那个偏僻的村庄来到县城,被安排在县民政福利厂工作。在福利厂工作的四年时间里,他克服身体残疾的困难,敬业爱岗,追求上进,勤奋工作。担任厂办文书,他发挥自己的特长,利用黑板报、宣传栏、组织文体活动等形式,向职工宣传党的方针政策,向社会宣传推介企业产品。他还自学企业管理知识,向职工宣传工作技能和安全生产知识,向领导介绍先进的企业管理经验。一九九三年,民政福利厂一举扭转了自建厂以来连年亏损的局面,职工工资和福利得到很大改善。朱成俊勤奋敬业、乐于奉献的精神赢得了广大职工的尊重和党组织的肯定,先后被评为县直机关优秀共产党员和县民政系统先进工作者。

一九九六年,民政福利厂改制为康福实业公司,朱成俊担任公司副经理,接着又兼任党支部副书记,他肩上的担子和责任重了许多。恰逢此时,由于市场波动,企业发展外部环境不好,公司产品销售困难,生产举步维艰,负债大量增加,已经到了破产的边缘。面对企业生产经营遭遇的严峻困难,支部书记辞职了,公司经理也不辞而别,把一个烂摊子扔给了朱成俊。从常理讲,朱成俊只是一个副经理,也没有谁来宣布他主持公司工作,他完全可以撒手不管,但他想到自己是一个党员,面对企业面临的困境,面对公司三十多号残疾人的工作和生计,自己没有丝毫理由退缩,更不能推卸肩负的责任。福利厂改制时，为了更新设备，扩大生产，大部分职工都拿出家里仅有的积蓄集资到了厂里，加上公司已经几个月发不出工资，职工生活遇到很大困难，如果再不想办法解决，他们的生活就没了着落。由于企业累计欠各大银行贷款四百多万元，想要贷款筹集资金恢复生产已经不可能了，只有把厂里积压的产品和一堆破铜烂铁处理掉，把欠发的职工工资补上，先把人心稳住。这时，公司个别管理人员不顾企业和职工利益，企图把生产设备和库存产品私自拉出去卖了，拿回个人的集资款和工资。如果不坚决恢复企业管理秩序，大多数职工的切身利益必将受到损害。关键时刻，朱成俊挺身而出，把已经请了长假的会计、出纳、保管和门卫召了回来，要求他们克服困难，履行好岗位职责，不能让集体资产流失，不能让职工利益受到损害。在那段艰难的日子里，朱成俊从早到晚坚守在厂里，妈妈因为心脏病住进了医院，他都没回去看一眼。直到一天早晨，家里打来电话说妈妈病危正在抢救，他才急匆匆赶到医院。但是已经晚了，他只能含泪面对母亲的遗体，与人世间这个最疼爱自己的人作最后的诀别。母亲走的时候才四十九岁。十几年过去了，活在他心里的妈妈始终是那样年轻。如今想起母亲，他内心深处只有无以弥补的悔恨和愧疚……

由于朱成俊的坚定和坚守，公司秩序和财务管理很快恢复正常，积压的一些产品和废旧物品也陆续卖了出去，偿还了部分生活特别困难的残疾职工的工资和集资款。一天，财务室收到一笔货款，会计找到朱成俊："公司欠你的集资款和工资加起来都一万多了，你的生活也够难的，这六千块钱就先还你吧。"他摇摇头，说："还是先解决比我更困难的职工吧。"直到后来公司破产，厂里欠朱成俊的一万三千多元集资款和工资也没还上。有人说他脑子不够用，大小是个领导，俗话说近水楼台先得月，不占公家便宜也就罢了，也不该让自己吃亏呀。朱成俊很淡然，他说："我是一个党员，在困难的时候，首先应该考虑职工的利益。"

一九九七年，康福公司破产了。三十多个残疾人瞬间没有了饭碗，他们今后的生活该怎么办？朱成俊也是一个残疾人，又有谁能比他更了解残疾人渴望工作和自食其力的心情呢？朱成俊向县民政局领导提出建议，请县委、县政府领导协调几家银行，把公司的一个车间从破产资产里剥离出来，重新成立一个福利厂，让面临失业的残疾职工重新就业。这个建议很快被县领导采纳了，几家银行也表示支持重建福利厂。在组建新的福利厂时，民政局领导找朱成俊征求意见，问他是愿意留下来筹建新厂，还是调到殡葬管理所工作？朱成俊心里清楚，殡葬管理所是事业单位，到那里工作就等于有了铁饭碗，而福利厂是个集体企业，又是刚刚组建，今后的生产经营肯定会有不少困难，如果再破产关门，自己就真的失去工作了。但是，新厂总要有人来支撑，几十号身有残疾的职工也需要一个领头人，如果这个时候自己选择离开，他们还会对新的福利厂有信心吗？朱成俊思忖良久，对局领导说："我愿意留下来，新的福利厂更需要我。"

一九九八年，新的福利厂开业了，朱成俊被县民政局任命为厂长，次年二月厂里成立党支部，他又兼任支部书记。在工商局注册时，他给这个新厂取名自强福利厂，寓意自强自立。他在心里对自己说，一定不辜负党组织和职工群众的期望，努力把厂子办好，促进企业不断发展，为更多的残疾人创造就业的机会，让他们和正常人一样过上自食其力的幸福生活。

新厂建立了，朱成俊和全厂职工把县委、县政府的关怀化作动力，加倍珍惜这份来之不易的工作，努力克服设备陈旧、资金短缺的重重困难，齐心协力，团结苦干，用了不到一个月就实现开业投产。当职工们拿到第一个月的工资时，每个人的脸上都是幸福的笑容。发完了工资，朱成俊把业务人员召集到一块，拿出工资表问会计："为什么我的工资比业务人员多出二百块?"会计说:"你是厂长,工资应该比我们高一些,这也是按以前福利厂的标准确定的。"朱成俊说:"我的工资不能高出业务人员的工资,业务人员的工资也不能高出一线工人的平均工资。多发我的二百块钱退回厂里,下月的工资就按这个原则发放。不能因为我是厂长就特殊,也不能因为你们是业务人员就比一线工人特殊。要知道,一线工人比我们付出得多,他们更辛苦。"从那时起,朱成俊每月六百多元的工资连续发了三年。在这三年当中,一线工人的工资上调了不少。担任厂长三年,朱成俊始终以一个共产党员的标准严格要求自己,生活上廉洁自律,工作上率先垂范。外面不少单位公款吃喝,一些党员干部用公款拉关系走后门,而朱成俊没有为私事花厂子一分钱,厂里三年的招待费总共花了不到一千元,而且都是用于正常招待业务客户。

福利厂生产规模扩大了,业务量增加了许多,有人建议买一辆小车方便出差办事。朱成俊每天上下班、出门办事,都骑一辆残疾人摩托车,这辆摩托车买了快十年了,一年四季、风霜雪雨从来没有闲过,已经破旧不堪。买辆小车,对他来说的确方便许多,再说大小是个厂长,坐辆小车也没什么过分。但他为企业着想,心里装着职工,坚决不同意买车。朱成俊说:"买车要花十多万,有了车还要雇驾驶员,司机工资加上汽车加油、维修,这是一笔不小的开支。我们应该把有限的资金用在生产发展上,出差办事我们可以坐公共汽车嘛,虽然不太方便,但能节约不少钱,可以为职工办不少事。"他依然骑着那辆摩托车上下班、跑业务。最难熬的是冬天,因为天太冷,摩托车无法启动,他每天都早早烧一壶开水浇在发动机上预热了再启动。零下二十多摄氏度的严寒,骑着摩托车到了厂里,脚和手冻得钻心的疼,但他始终没有动过买车的念头。

福利厂生产经营有了起色,个别人私下里就来找朱成俊"办事",有要求报销吃喝费用的,也有要求给买部手机的,他都婉言拒绝了。有人说他不会来事，花的又不是你自己的钱，何必那么认真。有一天，朱成俊在加油站给摩托车加油，遇到了曾经要求给买部手机的那个干部，他脸色很难看，生气地对朱成俊说："让你办个小事你还不给办，难道你就不找我办事了吗？"朱成俊平静而诚恳地说："厂里现在还很困难，我没有办法满足您的要求，希望您能理解。我们这些残疾人不容易，福利厂要找您办事，您是领导，肯定不会为难我们的。"

二〇〇一年八月的一天，县民政局在自强福利厂召开职工大会，朱成俊被免去厂长职务，同时宣布任命了一位新厂长。对这个突如其来的决定，职工群众很不理解，局里解释说，朱成俊腿有残疾，工作不方便，调整他的工作是关心爱护他，同时对厂子的发展也有好处。朱成俊非常坦然，他表示服从上级的决定，也理解领导的关心，自己是一个残疾人，这么多年在工作中确实遇到过这样那样的困难和不便，换一个身体健全的人来做厂长，对福利厂以后的发展会更好。朱成俊仍然是支部书记，他尽心尽责配合新厂长工作，除了抓好党支部的日常事务，还主动承担起产品质量和安全生产的责任，一天到晚忙在车间。新厂长上任以后，朱成俊和全厂职工都希望他能把企业生产经营搞得更好，带领大家加快厂子的发展。然而，事情却不像人们想象和希望的那样，新厂长在工作和生活上的一些问题慢慢暴露出来。管理上他听不得不同意见，生活上奢侈挥霍，人事安排上任人唯亲，上任不到两年就把负责生产技术、工作认真负责的副厂长，还有出纳、门卫和一些老工人排挤出企业，把自己的弟媳妇、老丈人和朋友安排在了企业的重要岗位上。一个三十多人的小企业，光是业务闲杂人员就有十多人。请客送礼、吃喝玩乐从不节制，一年的盈利不到三千块，而一年的招待费就达三四万之多。职工们东借西凑给企业集资更新设备，他却巧立名目大肆挥霍职工的血汗钱；职工们在车间加班加点生产，他却在办公室里打牌赌博。职工们看到这些敢怒不敢言，朱成俊却不能熟视无睹，他对厂长提出了严肃批评。没想到的是，民政局领导来到福利厂，当众训斥朱成俊，说他身为书记不配合厂长工作，还故意拆台。这一来，厂长更加肆意妄为。一天，他借着酒劲威胁朱成俊，你不就是一个小小的书记吗，只要我一句话，你这个书记也当不成。朱成俊说："当不当书记没关系，但谁也剥夺不了我作为一个党员的权利。你不要忘了自己也是党员，不要玷污了这个光荣的称号。"厂长哪里听得进这些，依然我行我素。自强福利厂走上下坡路，到了二〇〇七年底，负债已经达到一百四十多万。

二〇〇八年春天，福利厂一些生活困难的残疾职工向社区申请低保，社区的同志很诧异："你们的低保已经领了好几年了。"负责发放低保的社区干部拿出清单，告诉他们，每次都是福利厂派专人替他们领取的。清单上的确有他们的签名，但笔迹并不是他们本人的。大家非常气愤，有人向县纪委举报了这件事。纪委调查后发现，这些年厂长以福利厂职工名义，伪造签名，套取低保资金违纪违规支出，而且自任职以来，一直用集体资金给他不在厂里工作的妻子交社保金。厂长受到党组织的严厉处分，民政局罢免了他的职务。福利厂也因亏损严重，无法继续生产了。

腐败厂长卷铺盖走人了，厂里职工给民政局写信，要求朱成俊当厂长，带领大家继续把厂子办下去。但福利厂负债太多，又没有办法筹措流动资金，恢复生产谈何容易。就在这个时候，有一个私营企业主有意收购福利厂，民政局领导也有这个想法。职工们不同意，怕企业卖给了私人老板，工资福利、养老保险得不到保障，说不定连工作都保不住。有人劝朱成俊一定要顶住，这是集体企业，只要你和全厂工人不答应，谁也没办法。朱成俊却说，只要福利厂能够恢复生产、继续发展，工人有工作，工资福利、养老保险有保障，谁来经营都不重要。他给工人做思想工作，说明企业面临的困难和改制的必要，同时又为了职工利益与老板谈条件。在他的努力下,职工们接受了又一次改制,老板也作了保障职工利益的承诺,出售福利厂产权的协议终于达成了。自强福利厂有了新的老板,生产恢复了,职工们都回到了原来的工作岗位,朱成俊也由支部书记变成一名普通职工。有时,他心里情不自禁会生出一丝伤感,但看到工人们尤其是那些残疾职工每天上班下班,生活一如往常,他又感到十分的欣慰。

当年采访写作那篇《一颗飞向太阳的心》,朱成俊二十岁,我二十四岁,我们都是青春年华,心中的梦想充满了稚嫩的天真。二十六年了,细究起来,在我心灵深处,朱成俊始终在那里,虽然肢体残疾,却以超乎常人的坚毅,站成一棵挺拔的白杨。他是我心底一块洁净的土地,我时常会去那里清洁我的精神,让我渐生倦怠与堕落的心灵,一次又一次回归到那面激情涌动的旗帜之下。那是一条坚守理想的长路,朱成俊像一个向导,他就走在我的前面……

(2011年4月于塔城)

童 年 记 忆

　　时届中年，经常想起自己的童年。童年留给我生命的
印记太深刻了，记忆深处总有一些刻骨铭心的东西。如
今，有些不经意间说出的话，做出的举动，还有在心灵深处
萦绕、游离的情思，细究起来，似乎都与儿时经历的某件
事，见过的某个人，年幼时的某个幻想，或是一段天真幼稚
的情感萌动，遥远地、若隐若现地连接起来，以至在倏忽间
令我怦然心动……

看 电 影

看电影，是童年最快乐的事情了。

农村生产队那时放电影大都在露天，多是在队部院子

里栽两根木头杆子，把银幕挂起来。有的生产队也不挂银幕，直接在一面石灰刷的白墙上放映。电影放映队来时，生产队的大喇叭一广播，队里一下就热闹许多，人们脸上洋溢着一种少有的喜兴。等到收工，大家便赶着回家，匆匆吃了晚饭，就带上板凳，早早地来到架好了放映机的院子，等着天黑下来。

我们这些孩子自然没有凳子可带，只能找个土坯，或是直接坐在地上，眼巴巴地守候在银幕前，等着开映。有时去晚了，银幕正面已经没有地方，只好坐在银幕背面反着看。如果是在墙上放就苦坏了，伸直了脖子从人缝里看，或是爬在远处的树上，听得见声音，却看不清影像，心里直后悔来晚了。

那时，新电影不多，常常是一部片子看好多遍。即便这样，人们对电影的兴趣和热情一点都不减。只要有电影，不管是看没看过，看过多少遍，都像是第一次看一样，从不落场，十分专注。记得有一部反映志愿军和朝鲜人民军战斗友谊的片子《战友》，我就看过十多遍，里面的情节、人物和场景至今还能记起不少。还有一部"样板戏"电影《平原作战》，是那时看过的为数很少的彩色新片，各生产队轮着放映，我和几个小伙伴跟着放映队，从一队看到八队，八场下来，觉得还没有看够。

有一次，另外一个生产队放越南电影《阿福》。当时我感冒发烧，在炕上已经躺了三天。听到消息，我怎么也躺不住了，因为之前看过这部片子的连环画，特想看。最后，趁母亲不注意偷偷溜了出去。记得那天刚下了一场雨，临到傍晚天才放晴，空气格外湿润，还隐约有一股泥土的气息弥漫在身边。看完电影，走在回家的路上，头顶是如洗的天空，一轮圆月照下来，我矮小的身体留在地上的影子仿佛也透着欢快，一种少有的满足荡漾在心间。第二天，我的感冒完全好了。

到了二十世纪七十年代末，"文革"中禁映的一些老片子陆续恢复放映，人们的电影生活一下丰富了很多，我才知道还有这么多的好电影没有看过。记忆最深的是一次和母亲去看电影。那天，传来十多里外兵团一个团部要放《一江春水向东流》的消息，母亲早早地打发大哥去买了票。太阳还没落，母亲就让大哥、二哥用自行车带着她和我赶了去。那是我早年看过的最长的一部电影，是黑白片，宽银幕，里面的演员都不熟悉，影片故事里讲述的人和事我也十分陌生。电影结束了，母亲还专注地盯着银幕，我懵懵懂懂地觉得她流露出一种别样的神情。回到家里，母亲显出从未有过的兴奋，给我和两个哥哥讲起二十多年前在老家看这部电影的往事，还讲了好多她看过的老电影，她喜欢的老演员。像白杨、赵丹、陶金、上官云珠、舒绣文等，这些新中国成立前后活跃在电影界的老艺术家的名字，最初都是从母亲那里听来的。母亲的老家就在长江边上那个临江而建的城市，在离故乡数千里地的异乡看《一江春水向东流》，好像让母亲回到了年轻时候，她的心里分明藏着很多对过去时光的美好记忆……

童年时看的那些电影，仿佛在我眼前洞开了一扇扇遥望外部世界的窗户，在我幼小心灵滋生了许许多多的想象和幻想。如今想起来，自己对于电影的痴迷，电影带给我的对理想世界的向往，还有那个年代人们激情涌动后的犹疑和彷徨，依旧是那样深刻地影响着我今天对生活价值的理解和判断。

武文斌同学

武文斌是我小学到初中同班八年的同学。算来，他离开人世已有二十多年了。想起他，心里时常有一种隐隐的痛，渐渐清晰地蔓延开来。

我的记忆里，他在班里个子不算高也不是很矮，与同学交往不多，是同学中很老实的一个人。他的字写得很漂亮，由于口吃，很少听见他说话。有时，老师提问，点到他的名，他站在那里半天说不出一句话，脸憋得通红，甚至还透着一丝紫色。

他家离学校大约有一公里多。小学到初中，都见他一个人走着来、走着回去，显得比较孤独。后来知道，他父亲是个"右派分子"，在生产队里是被"管制"的一类人。想必是这样的家庭背景，给他心里留下了很深的阴影。

当时，学校里经常要组织师生召开批判大会。每次开批斗会，总能见到武文斌的父亲弓腰站在台子上。说不清是什么心理驱使，这时，我老是很异样地关注武文斌，看他与往常有什么不同。当同学们"群情激愤"地挥手喊着口号的时候，他深深地低着头，攥得紧紧的拳头跟着大家一上一下地挥着。批斗结束后，他总是静静地站在那里不动，看着那一队挂着大牌子的人被押着走下台，走出学校大门。那情景，我至今还记得清清楚楚。我想，他当时心里可能流着血，正为他那受难的父亲揪着心呢。

读完初中，武文斌就回家务农了。高中毕业后，我在大队学校做民办教师，一次在校门口见到他，他跟我说，到大队来开一个证明，他父亲的问题已经平反了，很快就会恢复工作。我真心为他高兴，还问到会不会随父亲一起回去。他没有明确讲什么，但我能感觉到，他还是很希望有一个新的生活环境。此后，我再也没有见过他。

我中专毕业参加工作后，一次回家，见到几个同学，无意中问起他，才知道他已经死了。说是秋天收玉米，他坐在装满了玉米棒子的拖拉机上，过一个小渠沟，车一颠簸，他掉了下来，当场就摔死了。我听了后，一连几天都缓不过劲来，眼前总是浮现着他的影子，心里感觉到难以言说的疼痛。

唐　裁　缝

　　唐裁缝的名字，我已经完全记不得了。他祖籍四川，是我童年时生产队里有名的手艺人。队里的社员，不管是汉族，还是回族、维吾尔族，只要家里人添置新衣，或是旧衣改新，都去找他，所以男女老少们都很尊敬他。

　　我小时候穿的衣服都是唐裁缝做的。自我记事起，每年过春节，或是"六一"儿童节，母亲总要给我们几个小的做一件新衣服。要是春节做，就是蓝平布或是蓝华达呢，做件上衣或者裤子。若是"六一"做，则是那种织得很粗的白棉布，做件衬衣。母亲带上购货证、钱和布票，到大队供销社门市部扯了布，然后领着我们到唐裁缝家里。他嘴里叼着烟（不是父亲抽的那种自制的很呛人的莫合烟，而是在门市部买的纸烟），很认真地给我们量尺寸，并一一记在用针线钉在一起的一叠白纸上。他说话川音很浓，身材不高，面容白净，身上有一种很特别的掺和有纸烟味道的气味。

　　父亲和唐裁缝是很要好的朋友，过从甚密，常常在一起抽烟、聊天，间或也倒一杯酒。酒在那时可是稀物，所以见他们喝酒的时候不多。有时父亲去他那里，他也经常到我家来。我印象里，他来我家大都是在晚上，两人坐在炕头，冬天则是坐在火炉边抽着烟，父亲抽莫合烟，他抽自带的纸烟，屋子里烟雾缭绕，他们天南地北地聊，聊得兴味十足，直聊到深夜要睡觉了，他才起身，走时似乎还有一点不尽兴。

　　长大一点，我竟有点迷恋父亲和唐裁缝聊天，很盼望这位裁缝伯伯到家里来。听他们聊的那些我还弄不明白的事情，自己觉得非常新奇，也很有意思。看到他来了，我就紧赶着做作业，做完了，书本都顾不上收，便爬进被窝里，把头支在炕沿上，极有兴致地听着他们聊天。听得久了，自己竟也记住了不少，甚至脑子里连一点概念都没有的一些外国的事也记下了，觉得很神秘，便拿了去向小朋友们炫耀。没想到，这竟差一点给家里惹了祸端。有一天傍晚，生产队的"政治队长"来找父亲，指着我说，你儿子在外面散布反动谣言，是不是你们家里大人给教的？父亲当时狠狠地瞪了我一眼，赶忙对队长说，我们怎么可能知道那些事，那都是孩子不知从哪里听了来，出去瞎说的，可不能信。父亲赔着笑脸，解释了好多，才总算没出大事。过后，我挨了父亲一顿好打，再也不敢出去乱说他和唐裁缝聊的那些事了。

记得有一天大清早，天刚蒙蒙亮，父亲和母亲起来刚生了火，我和弟弟还钻在被窝里，就听见唐裁缝来了。我很惊奇，他可是从来都没有这么早就来我家的。进屋后，他急匆匆走到屋角放的桌子前，打开了我家那台"红波"牌收音机，屋里立时响起了一个男播音员低缓凝重的声音。听了几句，才知道是周恩来总理逝世了，广播电台正在播报讣告。父亲、母亲、唐裁缝，还有两个已经起床的哥哥，他们都静静地站着，我则从被子里伸长了脖子，所有人都凝神看着那台收音机，听着里面传出的不同以往的声音。讣告播完了，低回揪心的哀乐响了起来。父亲和唐裁缝缓缓地坐到火炉边的凳子上。父亲卷了一根莫合烟，唐裁缝伸手要了过去，父亲又卷了一根，两人点上火，抽了起来，呛人的烟雾弥漫开来。他们谁也没有说话，低头抽着烟，抽完了，父亲又卷了两根，点上火，接着抽，抽完了，还是谁也没有说话。过了好大一会儿，唐裁缝慢慢地站起身，长叹了一口气，轻轻拍了一下父亲的肩膀，出门走了。那天，是一九七六年一月八日，我满十四岁后的第十六天。

时至今日，我都没有完全搞明白，唐裁缝怎么想着那么大早地到我家来，一定要和父亲一起收听那样一个令国人心痛的消息，而他们两人却一句话也没说。但那件事，我记得太清楚了，一些细节甚至至今都还历历在目。

十九岁离开家外出读书后，我再没有见到这位操着浓厚川音的有着一副慈善面容的裁缝伯伯。听母亲说起过他，说是在我离开家不久，他和老伴搬家到乌鲁木齐，和女儿一起生活了。不知他是不是还健在。倘若健在，他应该是年届望九的老人了。

鲁迅翻译的《毁灭》

童年时有一个挚爱，也是奢望，就是看书。

我的印象，那时看书是一件很奢侈的事情。大队、公社都没有书店，供销合作社的门市部里也不卖书，买书只有到十几里外的兵团一四三团团部书店。况且，家里也没有钱让我买书。只有每年过年时，母亲才给我们兄弟姐妹每人几毛钱的压岁钱，我大都拿去买了书，其实就是一些连环画，大多是黑白印刷的，也有少量彩印的，记得有《雷锋》《刘文学》《王二小》等，还有一些电影剧照的连环画，像《半夜鸡叫》《打击侵略者》《鸡毛信》。自己买的看完了，就去和小朋友交换。这样下来，我积存了不少连环画，很悉心地装在父亲不用的一个小工具箱里。那是我能记得的童年时最珍视的一些宝物了。

上学以后，认识的字多了，就想看哥哥看的那些厚厚的书。脑子里还没有长篇小说的概念，只是觉得那么厚的书，哥哥看得那样津津有味，想必是很有意思。开始时，瞅着哥哥不在的时候，把他们藏起来的书翻出来，躲在屋后的菜园子里看。后来就找同学借，很难借到，都知道那是一些不让看的书，家里大人发现了，是要挨打的。记得有一个同学在学校里看《苦斗》，被老师看见了，把书给没收了，还在班里做了检查。即使这样，我也能感觉到，有书的同学特得意，好像是一件难得的宝贝，轻易不给人借。但软磨硬缠，或是做些交易，我还是借到了一些书，像《林海雪原》《红岩》《草原上的烽火》《三家巷》《海霞》等，十分迷恋，也非常爱惜。记不清是哪一年，也记不清是从哪里得到了一本书，书页已经泛黄了，前后都撕去了好多，无头无尾，也不知道书名，里面的主人公叫"蔺铁头"，故事很是惨烈。直到今天，我还是没有搞清楚这本书究竟叫什么名字。

十三岁时，我花了将近一块钱在书店买了一本书，是鲁迅翻译的苏联作家法捷耶夫的长篇小说《毁灭》。那是春节后没几天，我揣着母亲给的压岁钱，和弟弟一起去一四三团玩。见新华书店开着门，便推门进到里面，看到不少人抢着在那里买一本书，我很好奇，就挤到跟前，指着那本书说买一本。一个女营业员看了我一眼，目光里带着一丝怀疑，拿了书问我，是这本吗，我点了点头，她把书给了我。我的钱不够，还凑了弟弟几毛钱。离开柜台向外走，一个中年人很诧异地指着我手里的书，问道："你多大？这书能看懂吗？"记得当时我很慌张，什么也没回答，只觉得脸上火辣辣的，以为做错了事，一刻都不敢停留，像是逃跑一样地出了书店。这就是那本《毁灭》了。

回到家里，开始仔细打量这本书。封面上方是两个红色的大字"毁灭"，下面是著者和译者的名字；左下角画了四个人，背枪骑在马上，马在奔跑，像是急行军的样子。翻开书，真的傻眼了，都是繁体字，认识的字很少，更别说能不能看懂了。但我仍然很珍爱，在扉页上写了两行字：一九七五年二月十八日，买于一四三团新华书店。在扉页后"出版说明"下面的空白处又煞有介事地写道：读者们，看书是要领会意思的，要切加保护。然后郑重其事地写上了自己的名字，还把母亲的私章盖在了上面。

母亲倒是很认真地看了这本书，曾给我讲过里面游击队员浴血突围的故事，还有小说里的人物莱奋生、木罗式加、美谛克，好像是讲美谛克这个人物多一些。我自己读已经是很多年以后的事了。

这部《毁灭》是人民文学出版社一九七四年根据鲁迅先生一九三一年的原译重印的,书中的插图和作者画像都是鲁迅先生原来选用的。参加工作以后,学习毛主席一九四二年五月《在延安文艺座谈会上的讲话》,才知道这位党的最高领袖在延安整风时就曾盛赞法捷耶夫的这部长篇小说,称其为具有世界影响的作品。

三十多年了,不管是离家出去读书,还是后来调动工作,辗转了不少地方,也扔掉了很多东西,但我一直珍藏着这本书,至今它仍在我的书架上,虽然封面有一点缺损,但书还是完整的。这是我今天能够找得到的童年时唯一的东西了。有时到书架上找书,无意间看到它,还小心地把它抽出来,翻一翻,很有几分满足地欣赏一下自己留在书页里那些充满稚气的言语,从笔迹能够看出钢笔用得还不熟练,用力很重,但却透着十足的认真。

(2008年1月于塔城)

光影记录的家园是那样静谧而温暖

初春时节,放眼塔城的原野,虽然还是一片雪白,但心底深处分明能够感觉得到,无边的雪野正在无声无息地消融,万物开始静静地萌动,悄然来临的又一个季节轮回里已经升腾起生命新的希冀。脑海里萦绕着亲切而诗意的意象,在静静的夜里,我细细地翻阅贺振平主编的摄影作品集《塔城记忆》。我这个对摄影几乎没有任何认知的外行,竟是那样真切地被那些浸透了作者和编者深深挚爱的影像打动了。原来,光影记录的家园是那样静谧而温暖。

摄影是无声的语言。摄影师手中那只小小的镜头似睿智的双眸,聚焦一个片断,捕捉一个瞬间,留下的是令人感怀的如水时光。一帧充满发现智慧的照片,总是透射出一图胜千言的魅力,而它所记录的历史,或是生活景象,那种再现的真实与可靠，往往是文字所无法比拟的。贺振平以及那些深爱塔城的摄影师，在《塔城记忆》里呈现于我们眼前的，就是逝去的时光里那珍贵的家园记忆。那都是在我们的身边不经意地发生过的，又是每时每刻都从我们的记忆里渐渐淡去乃至消逝得了无踪影的生命划过的痕迹。

还不认识贺振平的时候，一个偶然的机会，我读到了他的首部摄影文集《转场》。那是一部以光影之语为我们述说哈萨克族传统生产和生活方式的文化传奇，也是一幅哈萨克人于苍茫大地间彰显生命伟力、书写精神史诗的壮美图景。我凝神咀嚼贺振平收录在《转场》里的作品，发现大部分照片用的都是广角。浩渺无际的苍穹，绵延起伏的群山，广袤寂寥的草地，是他镜头里呈现的自然。把拆了的毡房和一应家用载上驼背，一家老小骑上马背，赶着成群的牛羊，在前路漫漫的旷野迁徙，日出而行，日落而息，把蜿蜒曲折、细若琴弦的足迹留在身后的山川沟壑，是他镜头里哈萨克族牧人如歌如诗的转场生活图画。我想，从专业角度，或许只有广角才能表现天地山水那独有的博大与神奇，也只有广角才能传神再现哈萨克牧人赶着羊群在无边漠野卷起漫天扬尘的宏大气势。我急切地推想，是什么力量激励他如此痴迷光影探索？他是一个有着何种文化背景的摄影师？

贺振平是陕西人，黄土高原岭壑交错的沃野塑造了他强健挺拔的体魄，秦川故里厚重的历史文化浸染了他豪放诗性的人文气质。他浓浓的关中方言里夹带着秦地悍风，传达给听者的，却是在塔城这片土地上萌发滋长并在他心底里汩汩涌动的文化冲动。位于塔城文化广场西侧乌拉斯台河边的大漠风艺术馆，是他的心灵栖息地。那里面，书法、绘画、摄影、根雕，以及边地独有的特色收藏，杂陈其间，拥挤但不失儒雅。置身贺振平的这块精神领地，我深深地感受到他对塔城自然风貌和人文风情的迷恋和挚爱。他不止一次地说过，最大的愿望是在塔城建一座民间的边地文化博物馆。

　　静心品读《塔城记忆》，我的脑海里渐渐生成一个清晰的印象：这本书是贺振平精神世界里用情至深至切的一个结晶。书中那些想必得来不易的老照片，仿佛带我走进回归往昔的时间隧道，把源自内心的敬重投向先辈们曾经的澎湃激越和无惧无畏，时代变迁的历史感立时在心中油然而生。还有，那些以摄影师独有的视觉发现和创作灵感，记录塔城多民族多样化人文特色的民居、院门和院落的照片，传达着一种久违的悠然和安宁，家园的温情暖意在心里恣肆蔓延开来，令人顿生一种推门而入的冲动。书中有一帧照片，贺振平的镜头捕捉到的是一个雪后的清晨，雾霭笼罩着静静的边城，楚呼楚泉近旁那棵不知生长了多少年的老柳树满身白雪，枝枝杈杈挂满雾凇，早起的妇人提着水桶在泉边排队打水。这是一幅在今天的塔城仍然可以看到的生活图景，虽然家里有了自来水，但很多老人还是想着在晨曦里去打一桶清冽甘甜的楚呼楚泉水，为家人煮一壶香浓的奶茶。照片传达出让人感动至深的边地生活的朴实之美，它抒情似一首诗，意境像一幅水墨丹青，又像是温情舒缓的散文短章。这就是我们的塔城，这就是我们的家园。

　　我常常用"宁静"这个词来描述对自己生活的这个城市的内心感悟。我一直都很自我地认为，在塔城人的心里，这座边地小城更多的像一个家园。她没有都市令人眼花缭乱的浮华，也没有市声喧嚣里疲于奔走的人流，她给予自己儿女的财富就是阳光、蓝天、碧水，还有那装满浓浓绿意的家园。于是，我想，一个像家园一样深深镌刻在人们内心的城市，她的魅力或许就在于她对人们心灵的抚慰。我们生活在这个时代，物欲常常使人们的内心难得片刻的安宁。塔城，这个像家园一样静谧而温暖的城市，让我们得以停下匆忙的脚步，回过身去，凝心审视自己走过的或直或曲、或深或浅、或顺或逆的足迹，循着追求梦想和希望的心路轨迹，捡拾那散落在途中的生命记忆。

　　贺振平的《塔城记忆》,既是一部我们身处其中的这个城市的光影记录,也是一份心怀感恩的对于养育我们的家园珍贵而难得的精神守望……

(2011年3月于塔城)

心灵的独白

　　认识李颖超和读她的散文，于我完全是一个偶然的机缘。根据我的提议，我所在的机关决定出版一本书，而且我坚持要找一家权威的出版机构，把这本工作用书做得好看，使读者从中体会到编者的用心和使命意识。于是，找到了新疆人民出版社，李颖超做了这本书的责任编辑。一本书做下来，她作为一个职业编辑人的良好专业素质给我留下了深刻的印象；同时，她身为一位女作家的才情和她融入自己作品中那种源于心灵的质朴与真诚也令我肃然起敬。

　　我是在旅途中打开李颖超新出版的散文集《女人的另一双眼睛》的。起初是欲通过这本书更好地与她沟通，以使自己交给她的书稿能够引起她的重视，也有随意看看以解行旅烦闷之意。不曾想到,这样一次不经意的阅读,竟让我为之前对她和她的作品的一无所知而感到汗颜。

透过这部极富女性气质的作品,我看到一双清澈而透明的眼睛,由这双眼睛,我窥见一颗心的执著,那是在孤灯与青影相伴的寂寞中,专注于自己心灵的精神探秘,那种近乎执拗地发掘世间真爱的劲头,使人们心底里所有欲望的躁动都显得那么苍白。读着她简约而朴实的文字,我能够想象她的安静。那种安静是动人而温暖的,由此流出她笔端的那些篇章,仿佛心灵的独白,又似宁静的夜里融入浩渺星空的浅唱低吟,让大千世界备受物欲煎熬的灵魂得到一丝难得的抚慰,陪伴我们在物质的炫目和诱惑面前而茫然与困顿的精神走向我们心灵的渴望。

一

李颖超的《女人的另一双眼睛》,首先让我们得以知晓,有一些什么书曾经与她一起共度长夜,带给她感动和温暖。

作家麦家说:"写作从阅读开始。"李颖超这本书有不少篇章是写读书的,她的阅读是关乎心灵的,使我们感到很亲切。作家刘亮程在为《五朵雪莲花丛书》所作的序言中这样评述李颖超的文字:"看似与己无关,逍遥在外,实则情与恨共注,爱与怨同受。"她在开篇《用一生歌唱一刻》中写道:"阅读,是对心灵的操练。"她说自己的阅读之旅是"愉悦而柔软的"。

我想象不出她何以如此感受自己的阅读,但这样的阅读指引下的心路必定是温暖的,就像一个体态丰盈的女子在淙淙流动的溪水边沐浴着秋阳轻盈地漫步。

李颖超由金仁顺的《绿茶》忆及早年读莫泊桑的《项链》,不经意间就颠覆了年少时对路瓦载尔夫人贪慕虚荣的鄙夷。她写道:"那时的我们是不能理解一个女子,一个用十年苦工去偿付几小时风光的女子,不能理解这样一个在'虚荣'二字中找到自己的尊严和力量的女子的!"她对这样一个弱女子的尊敬似乎夹带着几分崇拜:"荒诞的命运虽然摆布着她,却不能使其自轻自贱!"她对一个女子命运的联想中出现了这样一些意象,"昙花、飞蛾……还有那晶莹碧透的绿茶",她们"都在用一生歌唱一刻"。她感叹:"滚滚红尘中,我们都是一枚绿茶。"我不禁深悟,这样的阅读真的很柔软,柔软得令人落泪!

李颖超的阅读几乎关注的都是女性。或许因为自己就是一个弱女子,她的阅读留于文字中的心迹,正如刘亮程所言,是"情与恨共注,爱与怨同受"。

她读《乱世佳人》,独独怜惜媚兰:"媚兰实在是太好太好了,这样完美的女人,理应享受属于她的情深义重,她却没有。"在《背影》中,李颖超理解白瑞德错过媚兰这样一个完美的女人,是媚兰"雅量高致和根底里的善良,显示出巨大的力量",使白瑞德总是虔敬地倾慕,"心底的敬意远远多于爱意"。她写道:"人们看到很好的东西,常常会感到很不放心很不真实,得发现了缺陷,才觉得踏实、安全,真正属于自己。"我们要问,难道人们天生有着一种对完美的怀疑和恐惧吗?人性的诡异真的是难以捉摸。李颖超看着白瑞德离去的背影停住了自己的笔,我感到,烙在白瑞德背脊上的分明是她对媚兰的惋惜和对人性繁复的诘问。

她读张爱玲,总要对视扉页上那帧冷傲的玉照,并暗自问道:"每以鹤姿仰视,冷静、自信、独立,而且毒辣,她是顶上藏着朱红的女子……这样一个女子叫什么样的人来爱好呢?"于是,她去读胡兰成的《今生今世》,由此"不可遏制地鄙夷与愤怒"胡的无德,也为张爱玲感到"不值和羞辱"。张爱玲用一世的苍凉掩埋了与胡的情感,李颖超则独自叹息一个文坛奇女子的凋零和枯萎。她比张爱玲为紫罗兰,华丽而颓败:"隔着红尘漫漫的帘幕,用一双冷眼旁观繁华的湮没和乱世的沧桑",然后像天女散花,"挥一挥手,芬芳四播"。我想,她是懂张爱玲的,因为她心里的痛融入了一分滴血的爱!

李颖超说二十岁时一夜读完了《情人》。我不知道,她的青春何以承载了七十岁的杜拉斯笔下的那一场凄美而绝望的爱情? 但她坦言:"就是喜欢杜拉斯那份绝望的美,爱情、欲望、激情都会在她的文字中变得虚幻而绝望。"她沉迷于杜拉斯的特立独行:"当大多数人戴着面具小心翼翼扮演着属于自己的角色时,唯有她,一生只演自己。"我不得不承认,李颖超的阅读是沉浸在她自己的审美追求中的。

她追忆读琼瑶小说时的痴迷与疯狂,悲戚"那曾经绚烂、繁华如桃花般的爱情梦幻早已零落成泥"。

她把三毛藏在心底最柔软的那个角落:"喧嚣的世界不停歇地往前走,记忆不断被刷新,然而她一直留驻我心深处,即使淡成一个影子,却也不会被抹去。"

她读《红楼梦》,痴心于林黛玉的纯洁如水,固执地把自己的牵挂具象为饰演林黛玉的陈晓旭,等到陈晓旭飘然辞别尘世,她的心里"似是那故人的身影穿越了这几百年"。

她喻《简·爱》是岁月长河里一只载沉载浮的漂流瓶,伴随这部女性"成长之圣经",她"把美刻在心中"。

李颖超书中还有几篇写影视观感的文字,我自认为那是她的另一种阅读。尤其那篇关于电影《梅兰芳》的《孤灯冷月伴傲骨》,写得很有些出人意料。她对一代宗师梅兰芳竟无所感悟,却把自己全部的关爱加于片中的一个女性孟小冬。在她眼里,孟小冬是那个时代的惊艳与传奇。她为孟小冬一生孤傲,却终究未能摆脱那个时代带给她的悲剧命运欷歔不已。

我一直以为，文学阅读和写作是一件很私人的事情。李颖超的阅读锻炼了自己的心灵，使她蕴蓄了一种深藏于内心，看似柔弱却能动人心魄的力量。正是这种力量，指引着她求真、向善、敏感、执著的心路。这对一个作家是十分珍贵又需倍加呵护的。

二

李颖超的《女人的另一双眼睛》告诉我们，她曾经经历的人和事带给她怎样的人生感悟。

去了北京，她突然发现自己总是找不到路。后来回到新疆，她认定自己就是一个严重的路盲。在《容易迷路的女人》里，她丝毫不讳言自己没有方向感的"缺陷"，只知左右，永远搞不清东西南北。她写道："没有方向感的人，真算是有一样看不见的残疾，仅仅是找一条正确的路而已，我都要比别人多花时间和精力。不知道的人觉着好玩，其实非常辛酸。"辛酸归辛酸，但她却有大智慧："我只是容易在陌生的地方迷路，在熟悉的地方耽误时间，最终都能够到达目的地。这比那些总以为走对了路，却永远与正确的路背道而驰的人要幸运多了。"

她和朋友去看朴树的演唱会，却与少男少女们崇拜一个流行歌手的忘我与痴狂，产生了巨大的隔膜。她便想到自己曾经也一样的青春岁月，现在"居然不再被我们轻易想起了"。她很茫然："成长的路上，我们把最后的感动和热情丢在哪儿了？"她很伤感："从无知懵懂到而立之年，一年年一岁岁，能让我们相信并整夜不眠的，只剩下沧海桑田变换的诺言。"读着这些文字，我们看到，一个三十岁女人对青春远去的黯然，对岁月如水的参悟，透着一丝清丽的忧伤。

李颖超笔下呈现给我们的人生，一点不抽象，也不追求文字表达的机巧,更没有貌似高深的艰涩和玄虚。她在人生成长的路途上逐渐变得强大与坚韧的情感,几乎全都得益于自己的经验。

她感受儿子一泓如碧的瞳仁里清醇而清朗的天空,用母爱的圣洁,过滤掉岁月蹉跎留在心里的不幸和创伤,为这个需要她抚养长大,并将在自己慢慢变老以后延续她生命灿烂的人,祈祷能够想象到的所有美好。她满怀希望地有了贪恋这个人间的理由。

她坚信"女儿与母亲的缘分是一种彻底的宿命"。她写道:"当女儿也成为母亲,母亲就好像一面镜子,参与着我们的过去,更预示着我们的将来。"一位母亲去世,身为女儿朋友的痛彻与无助,让她体验不曾有过的恐惧:没有妈妈了,谁来包容她的任性、分担她的喜忧?

在风雪交加的上班路上,她在行色匆匆的人流中,看到自己同事的父亲,站在风雪里眼巴巴地望着马路对面正在挤公交车的女儿,直到最心疼的牵挂随那车远去。那一刻,她为一个父亲眼里的女儿,也为一个女儿生命里的父亲潜然泪下。

在《渐行渐远的面孔》里,她这样呼唤车祸早逝的同学:"哪怕你被撞伤了,被撞残废了,或者你成了植物人,你都可以给所有人一个机会、一点缓冲、一点念想,可你,就这么一声不响地走了。"她告慰同学:"我们会替你看山、看海,替你沐你喜爱的水,感受再起的风和亘古不变的阳光。"她缅怀同学:"当我们年华老去,当俗世的心灵蒙尘,你不变的容颜,会让我们再爱一次自己的青春。"

我为这些文字感动,为李颖超心中涌动的真诚与爱感动,为她深情抒写这些生活里的细波微澜给予我们的温暖感动。

李颖超书中有一篇短文《献给故土和故人的一本书》,记述了她二〇〇六年出版的《新疆津帮》。我找来这本书,读后方知,她曾经有过那么激越奋发的一次创作经历。《新疆津帮》写的是新疆历史上一段珍贵的记忆。

一八七五年五月，清朝廷任命左宗棠为钦差大臣督办新疆军务，驱逐阿古柏和沙俄侵略者。为保大军供给，一群来自天津杨柳青的贩夫走卒，随军一同远赴征程，为清廷收复新疆和伊犁建立了卓绝功勋，并在后来的历史中创造了骄人的商业奇迹，史称"赶大营"。

李颖超在书中追述了这段宏大历史中那些"大营客"和他们的后人。作家赵光鸣的序言这样评价《新疆津帮》："对那些和我一样的失忆者来说，这是一本帮助我们找回记忆的书，同时也是一本帮助我们温习新疆近现代商贸史和城市发展史的好书。"

为了写作《新疆津帮》，李颖超用了一年多时间做功课，搜集史实资料，踏访津帮会馆商埠遗址旧地，探访"大营客"后人，足迹遍布从哈密到伊犁的新疆广大区域，其中的创作艰辛难以历数。她说她是当年"大营客"的后裔，她愿意成为先辈往昔峥嵘岁月的记录者。这个使命太沉重了！我不禁要问，她一个说话轻声低语，性格中看不出一点慷慨激昂的小女子，是一种什么样的力量让她敢于扛起这样一个使命？二十三万字的《新疆津帮》出版了，她又一气写了一部三幕九场的话剧剧本《赶大营》。最近听说，她写"大营客"的一部十多万字的长篇小说也交了稿。她对一个题材的耐心与执著，对自己先辈曾经的卓绝奋斗与辉煌人生的尊敬和仰望，不由得我们不心生敬佩。

在我们身处的这个时代，敢于抛开把我们隔绝在历史的尘烟之外的现实功利，甘愿以一种真诚的付出去偿付对历史不敬的愧疚，那得有多么宽厚而立场鲜明的精神世界啊！李颖超就是一个已经出发并朝着这个目标坚定前行的作家。她深怀一颗感恩的心生活和写作。她愿意为自己心中的感恩担起一份责任，愿意为自己的未来保存一份心灵记忆。

三

李颖超的《女人的另一双眼睛》还让我们探得，是一片何其温润而丰厚的土地滋养了她的心灵。

她的这部散文集，有十多篇是写新疆的美与神秘的。她写道："在新疆出生，在新疆成长，但我至今没有完全读懂她。对这片土地的情感是烙在骨子里的，没有任何的语言能够表述清楚。"

她写新疆美玉，穿越古今，洋洋洒洒，政治经济、历史地理、文化精神尽在其中，俨然一个宝玉鉴赏专家。

置身乌鲁木齐"大十字"，念及当年新疆津帮商埠的繁盛与辉煌，她心里满是似水流年、落英缤纷的沧桑。

在喀什的高台民居，她看到时间的痕迹和一种古老、平静的自然之美。

她为可可托海的绚丽和奇幻目眩神迷："到了她身边，就仿佛天堂打开了一扇门，空气在阳光里明朗得仿佛一碰就破。"

她来到库车，凝眸昔日龟兹古国，莫名地琢磨："那精美绝伦的龟兹壁画……它的光芒，它的繁华，它的开放……现代人真的能够读懂吗？"

在喀纳斯浓墨重彩的丹青中穿行，心里是"荒村听雨"的意境，听过图瓦老人一曲"苏尔"如泣如诉的天籁，她把心遗落在了那片美轮美奂的山水之间。

她为了圆自己的一个梦去了巴里坤，在那里，"清代的老城和现代的新城带着强烈的落差交融在一起"，深厚的历史积淀赋予她悠远而美丽的憧憬和想象……

她的情感随着新疆的广袤与深邃跌宕起伏，时而为美景沉醉，时而为历史伤怀。她描写的每一幅山水景色,都有她自己的影子。透过她曼妙低语的文字,我们总是能够看到她那双清澈透明的眼睛。

学者耿占春说:"每一个人的自我构成的历史中都有或多或少的文学性,有着文学叙述的参与。"在李颖超自我构成的历史中,有一个重要的元素——伊犁。

她在伊犁出生,那片诗情画意的土地养育她成人。她这样描述伊犁:"这是一座没有压力的城市,人们活得怡然自得。如果你对伊犁厌倦了,你对人生也就厌倦了。"她这样解释伊犁的品格:"她的清醇,她的空灵,她的神秘,她的多情,使每一个走近她的人都会悄然驻足,心存感激。"

这使我不由得想到沈从文先生笔下的《边城》。伊犁城中早年留下的那些维吾尔民居,恰似凤凰城里沿江而建的苗家吊脚楼,为人们呈现了独具魅力的陈年往事;伊犁河的曲折蜿蜒,也像凤凰城中静谧舒缓的沱江,承载了人们守望安宁和谐生活的文化执著。伊犁温暖了李颖超的心灵,伊犁河滋养了李颖超的才情。

读完李颖超的《女人的另一双眼睛》,我从她不追逐任何喧嚣与功利的写作中,看到了安于人生本来意义的美。一个既痴心于文学,又执著于生活的作家,带给我们的必定是深入生活本真的审美享受。

(2012年3月于伊犁)

直面人生挫折与苦难的歌者

　　二〇〇八年十一月中旬的一个下午，王喜带着她刚刚发表在《西部·新世纪文学》上的中篇小说《雪妹》，来到我的办公室。她是一个开朗伶俐的女人，言语间透着一股很能感染人的激情，我分明感到她心中涌动的对生活的热爱和对人生的憧憬。

　　在这个时刻都在发生变化与变革的时代，太多的人被物欲搅得心神不宁，好像心灵无处栖息，懵懂地生活在一种恍恍惚惚的茫然之中。而我面前的这个女人，似乎是旁若无人地激动地谈着她的文学梦想，谈着她对塔城这一方养育她的土地的心灵感悟。她给我讲她的《雪妹》，又按捺不住内心的创作冲动，谈她正在写的另一个中篇《克拉拉》。她说，她只想写塔城和生活在这里的人们，好像她那瘦削的肩膀扛着一个使命似的。我立时想到了一个令人感动的歌者。

　　我用了一个晚上,读完了王喜的《雪妹》。这是一个苦难与幸福交织的故事。雪妹,自幼家境贫苦,十七岁告别父母姊妹,从四川老家投亲来到塔城。在表姐家过了两年多寄人篱下的日子,她向往着有一个自己的家,过一种属于自己的日子。经人介绍,她嫁给了一个蓝眼睛、高鼻子,有着一头棕色卷发的大个子男人周福。第一次见到这个可能成为自己丈夫的男人,川妹子心里怯怯地想,这怎么是个外国人!后一打听,周福是一个比她还苦命的孤儿,是一个汉族与俄罗斯族的混血儿。雪妹在塔城的抗美巷有了自己的家,她开始精心地经营自己的小日子。后来,她生下了一对双胞胎儿女,一个黑眼珠,一个蓝眼珠,一个黄发,一个棕发,男孩儿取名冬生,女孩儿取名冬妮娅。在她的生活开始展露绚丽希望的时候,一场灾难夺取了她苦心呵护的幸福。跟人跑运输的丈夫遭遇暴雪,汽车在老风口滑下路基被大雪掩埋。五天后,雪妹等来了已经被冻僵的丈夫的遗体。送走了丈夫,她开始独自一个人带着一双儿女顶门过日子。她在家门前开起了一个小食品店,在自家院里种了蔬菜,还雇人在近郊包地种了麦子,以川妹子特有的吃苦耐劳撑持着没有了男人的家,想尽办法让自己的孩子不再受苦。雪妹面对苦难的坚韧和对生活的不怨不弃,让周围关心和同情她的人们感动,也吸引了邻居家里一个青年教师的目光。爱使这两个对未来充满希望的年轻人走到了一起。雪妹的生活终于迈过了苦难,翻开了新的一页。

　　这个故事并不新奇,打动人的是王喜倾注在作品中的真挚的情感。她以女性特有的细腻与敏感,敏锐地捕捉人性的美与善良,真实地描写了浓郁的塔城人文风情和这一方水土孕育的具有生活典型意义的人物,令人感到一种生动的亲切和温暖。从她平实质朴的叙述中,能够清晰地感觉到她内心的宁静和这宁静中弥漫着的探究人生真意的执著。

过后，我又读了王喜二十年前发表的短篇小说《柳叶儿的困惑》。这篇被一位评论家称为八十年代"闺怨之作"的小说，写了改革初始时一个在单位无所事事却又不甘心虚耗时光便辞职干个体的少妇柳叶儿的心路历程。开个体照相馆挣了钱，过上了优裕物质生活的柳叶儿，却感到迷失了生活的方向，一种心灵的孤独使她陷入莫名的痛苦，她整天寻觅着回归心神宁静的路径。王喜以生动细密的心理刻画，探究人物心灵的隐秘，仿佛带人走进一个远离了躁动和喧嚣的精神世界。我觉得，关注人物内心，透过真切的心灵脉动来展现这个时代人们的精神生态，是《雪妹》和《柳叶儿的困惑》的亮点，也是王喜通过自己作品体现出的她对于文学的理解。

今年年初，听到一个非常意外的消息：王喜患慢性粒细胞白血病在乌鲁木齐住进了医院。命运多舛！她能够在病魔面前重新站立，让生命再放异彩并继续她充满激情的文学之旅吗？七月初，又听到一个消息，王喜的《雪妹》获得了"喀什噶尔杯"首届西部文学奖。后来得知，她拖着病体参加了颁奖大会，并在那里见到了王蒙等著名作家。她这样陈述自己的获奖感言："今天我真的很激动，我想我会永远记住这一时刻的。因为要记住这一时刻的不仅仅有我，还有我的家乡塔城，有那里的山川、河流、森林、草原，还有那里的蓝天、白云和灿烂的星空，以及肥壮的马牛羊。是那片土地上的各族人民、朴实无华的民俗民风和平静而不失色彩的城市，给《雪妹》注入了生机和活力。我要感谢我的家乡塔城。"王蒙对她说："你的小说写了塔城，我知道那是一个好地方。好好写下去。"那一刻，她忘记了自己身体里那可怕的疾病，更加坚定了自己的文学理想。在她身陷苦难的时候，文学给了她人生的力量，使她再一次扬起生命的风帆！

我曾经在一篇短文中谈及自己对塔城和塔城人精神品质的感悟："有源自生命本身的坚韧，却从不显现欲望的浮躁；有渴望生活的激情，却从不贪恋世外的浮华；有对家园执拗的守望，却从不拒绝一切充满关爱的友善;有对幸福与美好不舍的追索,却从不漠视世间任何生灵的尊严;有面对自然的强大而从不屈服的强悍,却从不吝啬对人世苦难的同情与扶助。"读了王喜的作品,了解了她令人感动的奋斗,我便常常把自己的感悟与王喜和她作品中的人物联系起来,愈加感到塔城这一方富饶而宁静的土地所孕育的人文精神的朴质与温厚。

是的,王喜是一个歌者。她是一个彰显塔城人文优势的歌者,她的文学创作让我们看到了一个人文的塔城、精神的塔城。她是一个直面人生挫折与苦难的歌者,她和她作品里的人物与情感传达给我们太多的心灵启示,使我们在市声喧嚣间得以停下匆匆的脚步,安慰一下自己躁动的心灵。塔城和在塔城生活的人们都应当珍惜这样一个洋溢着宁静与纯洁的精神气质的歌者。

冬季的塔城,白雪覆盖了原野,让那已经收获了人们一年的希望的土地静静地孕育新的生机。碧彻的蓝天,阳光依然明媚,宁静的边城荡漾着丝丝暖意。就在这样一个正午,王喜又来到我的办公室。她说想把自己这些年写的文学作品印一本集子,想请我写个序。我一时感到一种莫名的惶恐。我在心里质疑:我有资格接受这样一个在她来讲是承载了她的理想的重要的委托吗? 我能够感觉到她的真诚,我没有理由也不敢拒绝这样的真诚。好吧,就借这样一个机会来表达我对她的敬意和祝福。

我期望面对病魔的王喜创造生命的奇迹。

我期望痴情守护文学理想的王喜写出更多更好的塔城人的故事。

祝福王喜!

(2009年12月于塔城)

后　记

　　这本书里收录的文字，大多是我年过知命的十多年里，在蹒跚学步的业余写作中所积累的。"忆念"一类的较多，"感怀"和"遇见"的，也多有忆念在里面。追忆往事，忆念故人，一直是文学写作中一个颇有意义和价值的题材。李公明先生在一篇文章中说："在文人温婉的目光中，忆想是在内心登临人生胜迹的一次履践，是'览考自得之'（欧阳修《岘山亭记》）的一回浅醉。"我拿来这句话，算是给我的这些文字作个说辞吧。

　　我原本是不善文字的，如今能有对文学的尊敬与热爱，全因经年积久的阅读和自己本职工作的需求。我职任几十年的经历，一大半是与文字为伴的。虽说那一类的写作与文学相去甚远，但对文字的敏感和敬畏，却是相通的。

我的今天，全赖文字的加持与磨炼，这一点我从不讳言。面对文字，我始终是真诚的。

多年以前，经由作家刘亮程和董立勃引荐，我忝列作协会员而有了一个"作家"的名号，虽然后来与我事任的职责有了联系，但终不敢以作家自居。我想，能持续保有对文学的钟情与爱恋，能自由徜徉于人类心灵与精神的这片大美之地，就是一件很美好的事了。其他，再无奢求。

感谢新疆文化出版社，感谢"这里是新疆"丛书项目负责人王荣女士，感谢我的责任编辑邢春惠女士。他们的专业精神、职业修养和认真负责的工作态度，给我留下了美好而深刻的印象。

感谢阿拉提·阿斯木、刘亮程、王族先生，他们为本书出版提供了多方面的支持和帮助。

辛 生

2023年11月30日